Uwe Goeritz

Santas

siebente

Elfe

Bibliografische Information der Deutschen Nationalbibliothek:

Die Deutsche Nationalbibliothek verzeichnet diese Publikation in der Deutschen Nationalbibliografie; detaillierte bibliografische Daten sind im Internet über http://dnb.dnb.de abrufbar.

Coverbild: KI generiert mit BING Designer

Covergestaltung: Uwe Goeritz

Verlag: BoD · Books on Demand GmbH,
In de Tarpen 42, 22848 Norderstedt
Druck: Libri Plureos GmbH, Friedensallee 273,
22763 Hamburg

ISBN: 978-3-7583-5134-1

Inhaltsverzeichnis

Anmerkungen und Warnungen

Diese Erzählung sollte Jugendlichen unter 16 Jahren nicht zugänglich gemacht werden.

Ausnahmslos alle Beteiligten dieser Geschichte sind erwachsen und über 21 Jahre alt.

Sämtliche Orte, Figuren, Firmen und Ereignisse dieser Erzählung sind frei erfunden. Jede Ähnlichkeit mit echten Personen, ob lebend oder tot, ist rein zufällig und vom Autor nicht beabsichtigt.

1. Kapitel

Sommerwind und Schneeglanz

*D*ie Sonne spiegelte sich auf der weißen Decke aus Schnee und der Wind säuselte leise in den verschneiten Tannen, die neben den Hütten in einem kleinen Wäldchen beieinander standen. Die Tannenbäume waren nicht wirklich sehr hoch, aber schon uralt. Hier oben gab es eigentlich sonst kaum einen Baum und das machte das winzige Gehölz für sie alle so wichtig.

Es war Juli und der einzige Unterschied zwischen den Jahreszeiten war es hier, dass im Sommer die Sonne ständig schien und im Winter sich nur die Finsternis monatelang um diese Hütten legte. Schnee gab es allerdings immer in Unmengen!

Svenja stapfte die freigeschobene Spur entlang, hatte nur einen kurzen Blick für die weiße Pracht und keine Zeit für den eigentlich lauen Sommerwind, wenn man bei -3 Grad von lau reden konnte, denn sie war gedankenverloren auf dem Weg von ihrem Haus zu ihrer Arbeitsstelle.

Sie trug einen dicken Mantel, Stiefel sowie Handschuhe und eine gestrickte Münze verbarg ihre blonde lockige Mähne.

Svenja war jetzt sechshundert Jahre alt und die jüngste der sieben Elfen, die sich um die Angelegenheiten von Santa Claus hier in seinem Hauptquartier kümmerten.

Drüben, in der Produktionsstätte, waren deutlich mehr Elfen beschäftigt und einige davon waren auch deutlich jünger als sie, aber der Weg bis dort hinüber war so unglaublich weit.

Man hatte das Werk absichtlich etwas weiter vom Hauptquartier entfernt errichtet, damit der Rauch aus dem großen Schornstein nicht die Rentiere im Stall ärgern würde, denn ein hustendes Ren konnte leicht die ganze weihnachtliche Mission gefährden.

Die letzten drei Wochen hatte Svenja Ferien gehabt, aber ab heute musste sie wieder ihre Aufgaben übernehmen.

Ihr täglicher Weg war nicht weit, schon so oft war sie hier entlang gegangen, aber heute war alles anders, und zwar nicht nur, weil der Urlaub zu Ende war, sondern auch, und das war viel schlimmer, da ab diesem Tage ein neues Computersystem ihr die Arbeit erleichtern sollte.

Ihre Obliegenheit im Hauptquartier war es, die Listen für das bald folgende Weihnachtsfest zu kontrollieren und in ihrer Verantwortung lag es damit, zu entscheiden, welches Kind brav gewesen war und welches nicht, aber sie hatte die Vermutung, dass diese Aufgabe mit dem neuen Computer erst einmal zu einer viel komplizierteren Arbeit führen würde, als mit den alten Büchern, die sie seit Jahrhunderten führte und kontrollierte.

Seufzend betrat sie das Haus, klopfte sich den Schnee von den Stiefeln, hängte den Mantel an den Haken im Flur und schob halb neugierig, halb skeptisch die Tür ihres Arbeitszimmers auf.

Der bisher so vertraute riesengroße Bücherschrank war verschwunden und dafür hatte man die ganze Wand mit mehreren Monitoren bestückt.

Ein einziges Stück Papier gab es noch in diesem Raum und das war die Anleitung des neuen Programmes, die mit den Worten »viel Glück« endete.

Das war wohl ziemlich bezeichnend dafür, was sie beim Einschalten erwarten konnte!

„Immer dieser neumodische Kram", seufzte sie, legte das Blatt zurück auf den Schreibtisch und besah sich die Konstruktion, während sie sich die Mütze vom Kopf streifte und ihre Haare aufschüttelte, die durch die Wollmütze etwas zusammengedrückt waren.

Noch einmal und jetzt viel intensiver las sich Svenja die kurze Anleitung durch.

Wenn das wirklich alles so problemlos funktionieren würde, wie es da geschrieben stand, dann wäre das wirklich eine große Erleichterung.

Wenn!

Sie legte den Zettel abermals zurück, schaute auf den großen roten Einschaltknopf und legte den Finger darauf.

Svenja schloss die Augen, atmete tief durch und betätigte den Knopf.

Ein leises Brummen ertönte und sie öffnete vorsichtig ein Auge.

Der linke Monitor begann zu blinken, dann liefen Zahlenkolonnen in unglaublich schneller Folge von oben nach unten über den Bildschirm, gefolgt von noch mehr Namen in den verschiedensten Farben.

Das ging alles so schnell, dass sie gar nicht mit den Augen folgen, geschweige denn irgendetwas davon lesen konnte, was da über den Monitor flimmerte.

Danach sortierten sich die Namen in den jeweiligen Farben auf den anderen Monitoren, auf denen es immer mehr Einträge wurden.

Kindernamen in roten Schrift, in grüner und in blauer waren da zu sehen.

Die in der roten Farbe waren eindeutig die wenigsten und laut Anleitung sollten das die Namen derjenigen Kinder sein, die in diesem Jahr ganz sichere Kandidaten dafür waren, am Weihnachtsfest ohne Geschenk zu bleiben.

Die in blauer Schrift genannten standen noch auf der Kippe und die grünen Namen waren bisher nicht negativ aufgefallen.

So weit, so gut, wenn das denn wirklich stimmte!

Damit war es jetzt erst mal Zeit für eine schöne Tasse heiße Schokolade und dabei konnten sich die Namen ja noch jeweils anordnen.

Ihre Aufgabe wäre es dann später, bei den blauen Namen zu entscheiden, ob sie auf die eine Liste oder die andere wandern mussten und ob der Weihnachtsmann ihnen damit ein Geschenk unter den Baum legen sollte, oder es lieber ließ.

Das schien nicht so schwer zu sein, wenn man der Technik vertrauen würde!

Sie ließ den Computer brummen und ging zur Küche hinüber, um sich ein warmes Getränk zu holen.

Vorsichtig schob die sie Tür auf und blickte in den Raum. Am Herd stand Ronja, die hier die älteste Mitarbeiterin sowie ihre Ziehmutter und gleichzeitig engste Freundin war.

„Hallo Svenja, willkommen zurück! Wie war dein Urlaub?", begrüßte Ronja sie.

„Schön und zum Glück hat sich hier nichts verändert", seufzte Svenja bei dem vertrauten Anblick der älteren Elfe, die mit einem hölzernen Löffel im Kochtopf rührte.

„Das glaubst aber auch nur du! Eigentlich soll die Schokolade da aus dem Automaten kommen!", erklärte Ronja und zeigte auf einen grauen Kasten in der Ecke.

„Nur mit Not habe ich die Techniker davon abhalten können, den Herd mitzunehmen. Sonst hätten wir nämlich heute nichts zu trinken", setzte Ronja fort und goss die erste Tasse ein.

„Ich denke mal, du musst da nur den Stecker in die Dose stecken", entgegnete Svenja und zeigte auf das Kabel, das demonstrativ über dem Gerät hing.

„Finger weg!", antwortete Ronja und setzte hinzu: „Das hat vorhin geknallt und danach war die ganze Hütte dunkel!"

Svenja schüttelte nur den Kopf und trat zum Herd. Der Kakao duftete herrlich und Ronja goss gerade eine zweite Tasse für sie ein.

„Was macht dein Computer?", fragte die rothaarige Elfe.

„Weiß ich noch nicht, aber meine Bücher waren mir irgendwie lieber", antwortete Svenja und nahm den ersten Schluck von diesem wohlschmeckenden Getränk. Damit war jedes Computerupdate erträglich.

„Das wird schon werden", erwiderte Ronja und streichelte ihr die Wange.

„Muss ja", stöhnte Svenja, nahm ihre Tasse und ging in ihr Büro zurück.

Die Listen waren jetzt zur Ruhe gekommen und es waren gar nicht mal so viele Namen, aber so ganz sicher war sie sich nicht, ob die Kinder jeweils am richtigen Platz aufgetaucht waren.

Was wäre wohl, wenn da ein Softwarefehler dafür sorgen würde, dass die unartigen Kinder die Geschenke bekamen und die artigen leer ausgingen?

Das musste unbedingt verhindert und diese Listen da überprüft werden, aber wie sollte sie das ohne ihre Bücher kontrollieren?

Svenja seufzte abermals und blickte sich in dem Raum um.

Wie konnte sie das nur herausfinden?

Eventuell wusste Ronja, wo ihre geliebten Bücher gelandet waren.

2. Kapitel

Ein Fehler im System?

Selbstverständlich hatte Ronja gewusst, wohin die Techniker die Bücher gebracht hatten.

Im dunkelsten Zimmer, im hintersten Raum in der untersten Etage des Hauptquartiers lagerten jetzt die Bände, mit denen sie bis vor ein paar Wochen noch entschieden hatte, ob es ein Geschenk gab oder nicht.

Und soeben stieg Svenja mit dem Schlüssel in der Hand die Treppe zu diesem Keller hinab, aber so ganz wohl war ihr bei diesem Weg allerdings nicht, denn hier unten gab es auch viele Mäuse.

Trotz der Tatsache, dass sie hier schon fast sechshundert Jahre mit den grauen Nagern lebte, hatte sie sich noch nicht daran gewöhnt, ihnen zu begegnen und dann auch noch im Dunkeln des nur spärlich beleuchteten Kellergangs.

Zuvor hatte sie in ihrem Büro beschlossen, zur Prüfung der Software aus zwei Büchern jeweils fünf Namen willkürlich auszuwählen und diese dann mit den Anzeigen auf dem Computer zu vergleichen.

Stimmte das bei allen zehn Kindern und war jedes davon auf der richtigen Liste angekommen, dann wollte sie dem neuen Programm vertrauen.

War das Ergebnis nicht korrekt, dann würde der Programmierer wohl noch einmal an den Computer müssen, denn Santa erwartete von ihr, dass sie die richtigen Kinder auswählte.

Es war nicht auszudenken, was wohl geschah, wenn es da zu Fehlern bei der Zuordnung kam.

Seit vielen hundert Jahren stimmte das schon und da sollte so ein neues Computerprogramm nicht daran schuld sein, dass sie ihren guten Ruf verlor!

Sie schob sich an die verschlossene Kellerraumtür heran, steckte den Schlüssel ins Schloss und drehte ihn knarrend um.

Langsam öffnete sie die Tür, betätigte den Schalter, das gelbliche und schummrige Licht flammte auf und eine Maus huschte direkt vor ihren Füßen entlang und verschwand in ihrem Mauseloch.

„Das hat mir gerade noch gefehlt", stöhnte sie und trat vorsichtig ein.

Der Raum war voller Kisten, Kästen und bunter Boxen und es war hier drin dermaßen staubig, dass man ganz vorsichtig atmen musste, um nicht einen schlimmen Staubsturm dadurch auszulösen.

Suchend blickte sie sich um und fragte sich, wo die Männer jetzt ihre Bücher abgestellt hatten.

„Warum hat eigentlich niemand die Kisten beschriftet?", sagte sie laut zu sich selbst, als sie die kleinen Notizzettel bemerkte, die da jemand aufgeklebt hatte.

Sie las sich den ersten Zettel durch und stöhnte kopfschüttelnd auf. Da hatte wohl einer vom Logistikteam alles ganz akkurat machen wollen und einen sehr seltsamen Zahlencode für die Beschriftung benutzt, den vermutlich nur derjenige kannte, der diese Zettel an den Behältern befestigt hatte.

Vorsichtig zog sie den ersten Pappkarton zu sich und klappte diesen auf, danach den nächsten.

Es dauerte unendlich lange, bis sie begriffen hatte, dass die Nummern mit einem S am Anfang die Kisten aus ihrem Büro markierten.

Danach dauerte es noch ein paar Augenblicke, bis sie die Pappkiste mit der Nummer S01-G-015 gefunden hatte, diese aus dem Regal nahm und ihr der Karton dabei aus der Hand rutschte.

Polternd fiel der Buchstapel in den Raum und Svenja stand hustend in einer Wolke aus Staub.

Zu ihren Füßen lagen die Bücher mit den artigen Kindern, oder zumindest ein Teil davon.

Damit musste dann die Kiste mit S01-B-012 daneben die unartigen Kinder enthalten, wenn man der Logik eines Logistikers trauen durfte.

Sehr viel vorsichtiger zog sie an diesem Kasten, entnahm sich daraus ein Buch und stapelte den Rest der herausgefallenen Bände zurück.

Mit zwei dicken Büchern im Arm verließ sie den Kellerraum und klopfte sich im Gang davor den Schmutz aus dem Kleid, was wiederum zu einer großen Staubwolke führte, aber der Platz war hier größer und damit konnte sich der schwebende Schmutz schneller verteilen und legen.

Noch einmal prüfte sie, ob sie wirklich die richtigen Bände in den Händen hatte, um dann später nicht noch einmal hier nach unten steigen zu müssen, aber es waren zwei der Bücher, die sie jetzt zur Kontrolle brauchte.

Froh, diesem Dreck entkommen zu sein, stieg sie die Treppe wieder hinauf und brachte zuerst den Schlüssel zu Ronja zurück.

„Moment, es ist noch kein Weihnachten", sagte die Elfenfreundin, als sie wieder gehen wollte und zog ihr danach ein paar Spinnweben aus den Haaren.

„Dankeschön", entgegnete sie und fuhr zur Sicherheit selbst noch einmal mit der Hand durch ihre Locken.

Die Staubwolke war erneut gewaltig, fiel aber erneut sehr schnell zu Boden.

Jetzt eilte sie in ihr Büro, denn durch die lange Suche im Keller war schon eine geraume Weile vergangen und die Arbeit machte auch der Rechner nicht alleine.

Schließlich saß sie mit den beiden Büchern vor ihrem Computer und suchte zuerst fünf unartige Kinder aus dem Buch, die sie auch alle in der richtigen Aufstellung fand.

Alle fünf Namen standen in roter Schrift auf der Liste und damit war die erste Hälfte der Kontrolle schon mal relativ genau gewesen, wenn man mal davon absah, dass sie nur fünf Namen von einigen Hunderttausenden überprüft hatte.

War das eigentlich wirklich repräsentativ, was sie hier tat?

Agnetha, die bei ihnen für die Statistik zuständig war, würde dabei vermutlich die Hände über dem Kopf zusammenschlagen, aber es war ja auch nur für sie selbst, um sicherzugehen.

Damit kamen jetzt als Gegenprobe fünf artige Kinder, deren Namen sie wahllos aus dem dicken Buch heraussuchte.

Einen Eintrag nach dem anderen tippte sie in die Suchabfrage und jedes Mal blinkte der Name in grüner Schrift auf.

Viermal richtig, eigentlich schon neun Mal und sie wollte schon aufhören, aber sie hatte ja für sich selbst zehn Versuche unternehmen wollen.

Svenja tippte »Lisa-Marie« ein, drückte die Taste und der Computer gab ein trötendes Signal von sich.

Sie zuckte erschrocken zusammen, blickte zum Monitor und dort blinkte die Aufschrift „Fehleingabe! Kein Treffer in dieser Liste!"

Dann vielleicht in der mit den Wackelkandidaten, falls in den letzten drei Wochen irgendetwas Sonderbares vorgefallen war, doch abermals maulte der Rechner herum.

„Kann das sein?", fragte sich Svenja und blickte auf die Buchseite.

„Lisa-Marie, acht Jahre!", las sie laut vor.

Nächster Test, aber in der roten Liste war der Name definitiv enthalten.

Konnte ein kleines Mädchen innerhalb von nicht einmal einem Monat dermaßen abstürzen?

Wenn Lisa ein Junge und 15 wäre, dann hätte das eventuell sein können, aber so?

War das der Fehler in der Software, den sie befürchtet hatte?

Möglicherweise!

Doch um den letzten Zweifel auszuräumen, musste sie jetzt mehr über die letzten 21 Tage im Leben des Mädchens herausfinden!

Grübelnd stützte Svenja den Kopf in die Hand und blickte auf die Anzeige.

Lisa-Marie stand definitiv auf der roten Liste.

Nur warum?

3. Kapitel

Fünfzig Kisten mit Büchern!

ermutlich schon seit Stunden, zumindest fühlte es sich so an, starrte Svenja jetzt schon auf dieses Foto.

Lisa-Marie war ein hübsches Mädchen mit rotblonden Haaren, die sie in zwei kleinen Zöpfen links und rechts gebunden hatte. Sie hatte viele Sommersprossen auf der Nase, kleine Grübchen in den Wangen und ein Lächeln, das jedes Herz sofort umfing.

Wie konnte so ein süßer Fratz nur dermaßen negativ auffallen?

Was hatte sie nur in den paar Tagen ungeheuerliches angestellt?

Um das zu ergründen, musste sie sich jetzt erstmal auf die Beschaffung von Informationen machen und da sie dem Computer nicht traute, war damit für sie abermals der Weg in den staubigen Keller vorgezeichnet.

Mit all den Mäusen darin, die wahrscheinlich nur darauf warteten, dass sie da erschien. Und mit dem Chaos, das die Männer beim Einräumen der Kisten unten geschaffen hatten.

In Gedanken hatte sie jetzt das Bild von dem riesigen Kistenstapel wieder im Kopf und niemand wusste, wie die Kiste beschriftet war, in der sich die gesuchte Information befand.

In ihrem alten Büro hätte sie jetzt blind in das Regal gegriffen und das richtige Buch gefunden.

Im Keller konnte das Tage dauern!

Seufzend erhob sie sich von ihrem Stuhl, nahm die beiden Bücher vom Tisch auf und ging zu Ronja, um sich nochmals den Schlüssel zu holen.

Mit der Ausrede, die Bände nach unten bringen zu müssen, erhielt sie den Schlüssel sofort.

Sie musste diese Halbwahrheit benutzen, denn sie wollte nicht mit einer voreiligen Bemerkung alle Rentiere scheu machen.

Wenn die anderen sechs Elfen das Vertrauen in den Computer verloren, nur weil sie daran zweifelte, dann wäre der Schaden vermutlich um ein Vielfaches größer, als wenn sie selbst herausbekam, aus welchen Informationen dieser Rechenknecht die Schlussfolgerung ableitete, das Lisa-Marie ein unartiges Kind war und daher kein Geschenk verdient hatte.

Derselbe Weg, dasselbe dunkle Zimmer mit Kartons und Kisten bis zur Decke und diesem kryptischen Zahlencode, für dessen Entschlüsselung man wohl auch einen Computer brauchte.

Oder den Irrsinn eines ordnungswütigen Elfenmannes!

Aber wenn alles aus ihrem Zimmer mit S anfing, dann fiel schon mal ein großer Teil der Kisten aus der Suche heraus.

Dummerweise hatte jemand wohl Ronjas, Agnethas und ihre Kartons zum selben Zeitpunkt hier nach unten getragen, denn da standen immer mal welche mit A oder R am Anfang dazwischen, was die Suche nicht wirklich erleichterte.

Und wenn man dann davon ausging, dass das B im Namen für die Bösen und das G für die guten Kinder stand, dann mussten die mit I die Informationen darüber enthalten.

Nur davon gab es so unendlich viele!

So groß war ihr das Bücherregal doch nie vorgekommen, dass da so viele Wälzer darin gestanden hatten!

Zwei Stunden später, oder waren es schon drei, standen dann fünfzig Kisten vor ihr auf dem Boden.

Fünfzig!

Das war doch der reinste Aberwitz!

Ungeachtet der Mäuse setzte sie sich auf den Boden, zog seufzend die erste Schachtel zu sich und klappte diese auf.

Lauter Bücher mit Kindern, mit einem A am Anfang des Nachnamens.

Das war es dann schon mal nicht. In der nächsten Kiste waren weniger Bücher drin, weil es nicht so viele mit einem Y gab.

Jemand hatte die Bücher auch noch nicht mal in der richtigen Reihenfolge hier abgestellt.

Svenja schlug sich mit der flachen Hand vor die Stirn.

„So ein Idiot!", stöhnte sie auf und griff sich den nächsten Karton.

Unendliches Suchen später und in der 48. Kiste fand sie endlich das ersehnte Buch!

Svenja erhob sich, drückte sich den schmerzenden Rücken durch und betrachtete die durch die Nachforschung entstandene Unordnung in dem Raum.

Das würde sie in den nächsten Tagen aufräumen. Oder einfach so liegen lassen!

Sie ging aus dem Raum, knallte die Tür hinter sich zu und stieg die Treppe hinauf.

Es war sonderbar still, das Haus war völlig leer und ein Blick auf die Uhr zeigte ihr, dass es schon mitten in der Nacht war und dennoch hell, denn für die nächsten Monate gab es hier ja keine Dämmerung oder Dunkelheit mehr.

Mit einer heißen Schokolade und dem Buch setzte sie sich in ihr Büro und begann alles über Lisa-Marie zu ergründen.

In diesem Werk stand praktisch alles drin, was das Mädchen in den acht Jahren seit ihrer Geburt so gemacht hatte.

Und da gab es lediglich Positives.

Sie hatte gute Noten, selten war mal eine 3 dabei gewesen, Lisa ging ins Ballett, hatte dutzende beste Freundinnen und lebte in einer kleinen Stadt in der Mitte Deutschlands, mit Vater, Mutter und Großmutter. Das Mädchen liebte Katzen und Hasen und half sogar gelegentlich in der Nachbarschaft aus.

Nicht ein einziger Eintrag davon würde ausreichen, ihr nicht die gewünschte Puppe zu übergeben!

Der letzte Vermerk war allerdings schon acht Wochen alt. Was war in dieser Zeit nur vorgefallen, wodurch das Mädchen so aus der Bahn geworfen wurde?

Oder hatte der Computer sich einfach nur vertan?

Zweifelnd blickte sie den brummenden grauen Kasten in der Zimmerecke an. Nach was für einem Algorithmus berechnete der eigentlich, welches Kind lieb war und welches nicht?

Sollte sie da bei der Hotline anrufen? Oder versuchen, es selbst zu ergründen?

Zumindest musste sie jetzt erst einmal herausfinden, was in den fehlenden Tagen passiert war, denn nach den Aufzeichnungen in dem Buch hätte man Lisas Bild vorn am Eingang an der Bestentafel befestigen können, als leuchtendes Beispiel für alle anderen Kinder!

Oder ihr Name hätte im goldenen Buch des Weihnachtsmannes gestanden!

Svenja klappte das Notizbuch zu und sah erneut zu dem PC hinüber.

War es möglich, einen Blick hinter die Oberfläche zu werfen, um aufzuklären, was der Computer wusste und sie nicht?

Wo speicherte der nur die Informationen ab und wie kam sie da heran?

Konnte dabei die Hotline helfen?

Oder das dicke Handbuch, das Ronja Stunden zuvor im Aufenthaltsraum unter ein Tischbein gelegt hatte, weil das Möbelstück gekippelt hatte?

Momentan traute sie Büchern mehr, als allem anderen und da auch noch der Kakao alle war, machte sie sich auf den Weg in den Aufenthaltsraum.

Mit dem Handbuch und einer neuen Tasse schöner heißer Schokolade lief sie wenig später zurück in ihr Büro.

Die nächste Stunde verging damit, herauszufinden, wie man an die richtigen Informationen kam. Oder zumindest erst einmal das richtige Kapitel im Handbuch fand, denn das war zwar wundervoll geschrieben, wenn man wusste, wie der PC funktionierte, aber völlig ungeeignet dafür, wie sie arbeitet.

Kopfschüttelnd blätterte sie eine Seite nach der anderen durch, aber das hatte vermutlich einer geschrieben, der sonst nur Bücherkisten beschriftete!

4. Kapitel

Der falsche Code

Rätselnd saß Svenja mit der Anleitung in ihrem Büro und war schon kurz davor, sich die Informationen einfach alle noch einmal selbst zu beschaffen, doch da es mittlerweile kurz vor vier Uhr morgens war, und die Elfen im Informationsbüro sicherlich jetzt alle noch schliefen, gab sie dem Handbuch und damit auch der Rechenmaschine noch eine letzte Chance.

Man musste doch die Hinweise dazu finden können, die da jemand in den PC eingegeben hatte und die dann zu diesem vernichtenden Urteil für das Mädchen gesorgt hatten.

Möglicherweise hatte sich da auch jemand einfach nur vertippt und sich beim Namen verschrieben.

Lisa-Marie, statt Marie-Lisa! Das wäre doch möglich und ihre Aufgabe war es nun mal einfach, die ganzen Sachen zu ergründen!

Auf der letzten Seite des Handbuches gab es ein Stichwortverzeichnis und sie schlug den Begriff Suche nach. Sie suchte nach der Suche für eine Suche! Es war schon verrückt!

Endlich fand sie die Information, blätterte zurück und las auf Seite 256 für sich selbst laut vor:

„Für die Suche drücken sie folgende Tastenkombination!", danach blickte sie auf das Buch und anschließend auf die Tastatur.

Da musste jemand drei Hände haben!

Wie konnte jemand bei klarem Verstand auf so eine Kombination kommen? Strg – Alt – Leertaste – Bild ab – ein großes F und auch noch die Enter Taste!

Kopfschüttelnd blickte Svenja auf ihre Hände und die Tastatur des Computers.

Dazu würde sie Ronja brauchen, denn das konnte keiner ohne fremde Hilfe eingeben. Eventuell war da so etwas wie ein vier Augen Prinzip eingebaut, dass einer alleine nicht an die Informationen kam und daher immer zwei Elfen benötigt wurden, um die erforderlichen Tasten zu drücken.

„Ihr habt doch alle einen Knall!", schimpfte Svenja laut und warf das Handbuch wütend in die Zimmerecke.

Noch immer blinkte Lisas Name auf der Liste mit den unartigen Kindern und das veranlasste sie jetzt, das Buch noch einmal zu holen und die Seite 256 aufzuschlagen.

Strg – Alt – Leertaste – Bild ab – F – Enter, das musste doch irgendwie hinzubekommen sein!

Zwanzig Versuche später war sie der Verzweiflung nahe. Mit zwei Händen waren die Tasten einfach nicht zu betätigen.

Sollte sie wirklich noch einmal ein paar Stunden warten, bis Ronja da war und die anderen Tasten betätigte?

Warum war das alles nur so kompliziert!

Dieser Rechenknecht sollte ihr doch die Arbeit erleichtern und ihr nicht das Leben schwer machen!

Und mitten in der Nacht war noch nicht mal jemand zum Anschreien da! Höchstens die Hotline!

„Verdammter Mist!", schimpfte Svenja und versuchte es erneut.

Die letzte Taste, das große F, konnte sie aber nicht erreichen. Egal wie sie die Hände drehte oder die Finger hielt, der Buchstabe war unerreichbar weit entfernt.

Höchstens mit der Nase konnte sie die letzte Taste drücken.

War das die Lösung für ihr Problem?

Möglicherweise und da kam es jetzt auf den Versuch an.

Nächstes Experiment, alle Finger drückten die Tasten und sie ging mit der Nase nach vorn, dann drückte sie auf die Tastatur, aber sie erwischte nicht das F, sondern das G daneben.

„Mist!", durchfuhr es sie, als der Computer in der Ecke ein nervtötendes Tuten von sich gab und sie erschrocken zurückzuckte.

„Was ist denn jetzt los?", stieß sie aus, als eine gewaltige Kraft sie aus dem Sessel riss und zur Wand mit den Monitoren zog.

Sie flog praktisch auf diese Zimmerwand zu und breitete die Arme aus, um die Kollision abzufangen, dann schloss sie die Augen.

Schließlich schlug sie irgendwo auf, aber das war nicht die Wand ihres Büros, denn der Aufprall war sonderbar weich.

Vorsichtig öffnete sie die Augen und lag auf einer Wiese. Mit richtigem Gras darauf und es gab hier keinen Schnee!

Sie rappelte sich auf, setzte sich hin und blickte sich um. Ein kleiner schwarzer Vogel sah sie aus zwei Metern Entfernung ungläubig an, bevor er mit einem ziemlich lauten Lied begann.

„Wo bin ich denn hier?", fragte sie sich selbst.

Die Arktis konnte es jedenfalls nicht mehr sein, denn rings um sie herum blühten einige Blumen auf der Wiese, die Sonne ging gerade auf und nicht weit von ihr entfernt liefen zwei junge Frauen in ziemlich kurzen Sportsachen einen mit Kies bestreuten Weg entlang.

„Träume ich das vielleicht gerade nur?", fragte sie sich selbst, schloss die Augen und zählte bis zehn, aber das Lied des kleinen gefiederten Sängers war dennoch unablässig in ihrem Ohr.

Zumindest das hätte doch beim Erwachen verstummen müssen. Oder etwa nicht?

Abermals öffnete sie die Augen, der Vogel breitete seine Schwingen aus und flog zum nächsten Baum hinüber.

„Na, das ist aber mal so gründlich danebengegangen!", seufzte Svenja und erhob sich von der Wiese.

Die Sonne schien ihr direkt ins Gesicht und aus ihrer jetzt etwas höheren Position konnte sie einen kleinen See erkennen, der hinter dem Weg zu sehen war.

Es schien ein Wäldchen oder ein Park zu sein, aber noch immer wusste sie nicht, wo genau sie sich hier befand.

Und die zweite, momentan viel wichtigere Frage war, wie sie ohne Handbuch und Computer wieder in ihr Büro zurückkommen konnte.

Da gehörte doch aber eine Warnung ins Handbuch! So etwas in der Art, wie: drücken sie nie, niemals und unter keinen Umständen dabei das G!

Wenn sie wieder zurück war, dann würde sie von Ronja die Adresse dieser Programmierer einholen und den Verantwortlichen für dieses Desaster so lange an den Ohren ziehen, bis er beim Osterhasen Dienst tun konnte! Eventuell gab es da auch noch eine Software zu programmieren, wo nicht ganz so viel Schaden entstehen konnte!

Wütend stapfte Svenja von der Wiese auf den Weg und überlegte sich, in welche Richtung sie jetzt gehen sollte.

Die beiden Frauen waren nach links gerannt, aber die würde sie sicherlich nicht einholen können. Also war rechts vielleicht die beste Möglichkeit, um auf andere Menschen zu treffen, die sie fragen konnte, wo sie sich hier befand.

Die Sonne stieg immer höher und Svenja begann zu schwitzen. Sie trug zwar keinen Mantel mehr, aber noch immer das dicke wollene Kleid, warme Unterwäsche und hohe Stiefel, denn am Tage zuvor war zwar auch Sommer gewesen, aber in ihrer Heimat war es auch da um einiges kälter, als momentan hier!

Der Unterschied musste selbst jetzt am Morgen sicher fast 30 Grad betragen! Zumindest fühlte sich da so an.

Von -3° C zu jetzt bestimmt über zwanzig! Und zwar Plus!

Es war Juli und ihre Kleidung nicht wirklich der Gegend angemessen. Sie schleppte praktisch ihre eigene Sauna mit sich herum!

5. Kapitel

Zwei Fragen, oder drei!

*D*as war wirklich unmenschlich oder sagte man da besser: unelfisch, aber sie schob sich jetzt schon eine geraume Weile durch den immer heißer werdenden Tag.

Mittlerweile waren auch die Bäumchen nur noch hüfthoch und spendeten damit auch keinen Schatten mehr.

Schnaufend blickte Svenja auf eine Wiese hinaus, die an einem wirklich malerischen See lag, und auf der sich gerade ein paar Frauen im Bikini zum Sonnenbad auf eine Decke gelegt hatten, eine davon sogar ohne Oberteil.

Und sie stand im dicken Kleid, mit warmer Unterwäsche, langen gestrickten Strümpfen und hohen Stiefeln daneben und schwitzte wie ein Elch am Lagerfeuer!

Am liebsten hätte sie sich jetzt die Kleidung vom Leib gerissen, aber sie hatte nichts anders, was sie eventuell tragen konnte.

Die Sonne stand hoch am Himmel, praktisch direkt über ihr und es mochte kurz vor Mittag sein. Ihr Magen begann zu knurren, denn das letzte Plätzchen, das sie gegessen hatte, war am vorangegangenen Tag gewesen!

Wie gesagt: unelfisch!

Und da war es eine noch ungeheuerliche Gemeinheit, dass nur hundert Meter entfernt soeben ein Eiswagen hielt und einige Kinder mit Tüten voller leckerem Speiseeis versorgte.

Selbstverständlich hatte ihr Kleid keine Taschen und daher lag das Geld auch in ihrem Büro, wobei sie das da nicht brauchte und nur vom Urlaub noch ein paar kanadische Dollarnoten darin waren, eigentlich als Erinnerung, aber die würde sie jetzt sofort gegen so ein köstliches Eis umtauschen.

Noch immer sausten die beiden Fragen durch ihren Kopf: wo war sie hier und wie kam sie wieder zurück in ihre Schreibstube.

Aber die dritte Aufgabe schob sich mit Macht nach vorn und verdrängte damit alles andere: wie komme ich an das Eis!

Diese letzte Fragestellung brüllte sie regelrecht an, aber sie konnte auch nicht in der Sonne bleiben, denn hier würde sie in wenigen Minuten einen Hitzschlag bekommen.

So ungefähr musste sich Frosty, der Schneemann, in der heißen Wohnstube fühlen, kurz bevor man ihn vom Boden aufwischen konnte!

Sie blickte sich um und sah ein paar weitere Frauen ankommen, die auch ziemlich luftige Sachen trugen, diese warfen sie unweit von ihr achtlos zu Boden und stürzten sich anschließend lachend und schreiend in den See.

Damit lagen drei Meter vor ihr einige Klei-
dungsstücke, die ihr sicherlich passen müssten,
aber sollte sie sich wirklich einfach ein paar Teile
davon mopsen?

Der Not und der Hitze gehorchend schnappte
sie sich zwei der Stücke und verschwand damit
wieder nach hinten.

In einem Gebüsch zog sie sich um und ließ
die dicke Kleidung danach in einem Mülleimer
verschwinden.

Ein paar Augenblicke später schlenderte sie in
einer kurzen blauen Hose und einem rosa Oberteil ohne Ärmel gelassen und barfuß über die
Wiese.

Diese Kleidung war genau richtig für diese
Temperaturen und da sie die auch noch ohne Unterwäsche trug, fühlte sie diesen weichen Stoff
auf der Haut, leicht war dieses Gewand und
nichts für die Temperaturen in der Arktis.

In der Hosentasche fand sie auch noch ein
paar Münzen und somit war ihr nächster Weg der
Eisstand am Rande der Wiese.

Sie stellte sich an, lauschte auf die Sprache
und blickte die Münzen an. Da war Europa hinten
drauf und damit war sie vermutlich auch in Europa gelandet.

Nur wo und das war ja auch ihre erste Frage!
Oder die zweite, nach dem Eis!

Endlich war sie vorn, sagte: „Vanille", und
legte die Münzen auf den Tresen.

Sie hielt drei Finger hoch, für drei Kugeln, und der Eismann füllte das Eis ab, danach gab er ihr noch ein paar kleinere Münzen zurück und sie ließ sich mit der Leckerei im Schatten seines Wagens nieder.

Schleckend und genießend lehnte sie sich mit dem Rücken an das Fahrzeug und hoffte nur, dass die beiden Frauen, denen sie die Wäsche entwendet hatte, nicht auch in den nächsten paar Minuten auf die Idee kamen, sich ein Eis zu holen und sie hier so vorfanden.

Die Eiscreme war herrlich, der Schatten angenehm und damit verschwand das erste Problem schon mal in ihrem Magen, blieben noch zwei weitere.

Für die Überlegung, wie sie nach Hause kam, musste sie zuerst klären, wo sie sich befand! Und damit lauschte sie jetzt den Unterhaltungen der Menschen, was allerdings etwas schwierig war, wenn man die Sprache nicht wirklich verstand.

Es war jedenfalls kein Englisch! Und sie konnte nicht ewig hier sitzen, denn mit jeder Minute ihres Verweilens im Schatten stieg das Risiko, dass die Eigentümerin des locker luftigen Shirts ihr Kleidungsstück wiedererkannte.

Notgedrungen schlich sich Svenja wieder davon und folgte dem Weg, den die meisten Menschen gerade herunterkamen.

Ihre verräterischen und elfischen Ohren hatte sie unter der Lockenpracht verborgen und fiel damit vermutlich auch nicht auf.

Zumindest war ihr Auftreten jetzt so menschlich, dass ein paar junge Männer ihr hinterherpfiffen und etwas Unverständliches riefen.

Lächelnd ignorierte sie diese Jungs und folgte ihrem Weg weiter.

Noch immer waren zwei Rätsel offen.

Wer konnte ihr sagen, wo sie sich hier befand?

Schritt für Schritt, einen Fuß vor dem anderen, entfernte sie sich von dem See und blickte sich dabei immer wieder um.

Irgendwo musste doch ein Hinweis darauf zu finden sein, bei welcher Stadt sie hier gelandet war.

Zumindest war die Kleidung ziemlich bequem, wenn auch der Kiesel auf dem Weg etwas in ihre nackten Fußsohlen drückte, aber man konnte eben nicht alles haben.

Die Hände in den Hosentaschen, schlenderte sie diesen geschlängelten Pfad entlang und versuchte auch weiterhin ein wie auch immer geartetes Hinweisschild zu finden, wie sie wieder zurück zu Ronja und den Freundinnen kommen konnte.

Allerdings würde das mit den paar Münzen in ihrer Tasche etwas schwierig werden, doch wenn man ein Ziel erreichen wollte, dann brauchte man zuerst den Startpunkt der Reise!

Alles andere wäre nur Stochern im Nebel oder umherirren im Schneesturm, was auch nicht viel besser war.

Wobei es dann immer noch das Problem zu lösen galt, das Schild zu verstehen, wenn sie schon die Sprache nicht kannte.

Aber immer einen Schritt nach dem anderen!

Wie hier auf dem Weg, der jetzt jedoch von Kieselsteinpfad zu Betonplatten wechselte und damit änderte sich notgedrungen auch der Stil ihrer Fortbewegung, denn die Sonne hatte den Beton des Weges in Herdplatten verwandelt und sie war barfuß!

Mehr hüpfend, als gehend, lief sie weiter.

Die Büsche links und rechts wichen vom Pfad zurück, sie erreichte einen Parkplatz und da befand sich auch ein großes Schild.

Staunend stand sie davor und wusste augenblicklich, wo sie sich befand: Es war die Heimatstadt von Lisa-Marie!

Sie hatte Informationen suchen wollen und der Computer hatte wohl angenommen, dass sie das Mädchen finden wollte.

Damit waren zwei Fragen geklärt, die Heimreise war aber noch offen und von jeder Lösung weit entfernt.

6. Kapitel

Eine unartige Elfe

Svenja saß im Omnibus, schaute aus dem Fenster und grübelte über ihre weiteren Schritte nach. Was sollte sie als Nächstes tun?

Sie war ja jetzt schon mal in Lisas Heimatstadt und da bot es sich doch einfach an, zu ergründen, warum das Mädchen auf die rote Liste der unartigen Kinder gerutscht war.

Aber auch sie selbst war an diesem Tag ziemlich unartig gewesen: Zuerst hatte sie die Sachen gestohlen, danach ein Eis mit fremdem Geld bezahlt und jetzt fuhr sie auch noch mit dem Bus, ohne dafür eine Fahrkarte zu besitzen!

Die erste Verfehlung war lebensnotwendig gewesen, die zweite Mundraub und damit auch kaum strafbar und diese Fahrt hatte sie praktisch mit einem Lächeln beim Einsteigen und dem tiefen Einblick für den Busfahrer beglichen, denn das Shirt war sicherlich eine Nummer zu groß und ohne Unterwäsche hatte sie dem Mann einen wundervollen Blick von schräg oben geboten.

Sie hielt die Hände vor der Brust fest, um nicht unbeabsichtigt ihre Haare nach hinten und damit hinter die Ohren zu schieben, wie sie es für gewöhnlich tat, wenn sie nachdenken musste.

Bei diesem Hemd würde ihr zwar kein Mann auf die Ohren schauen, aber die waren eben das einzige, was momentan verraten konnte, dass sie kein Mensch war.

Im Urlaub, hoch im Norden der kanadischen Provinz Nunavut, hatte sie immer eine Pudelmütze über den Ohren gehabt, doch bei der Hitze hier wäre das nur noch auffälliger.

Somit näherte sie sich im Bus der doch schon ziemlich großen Stadt.

Die Rückreise würde sie vorerst aufschieben, bis sie sich über Lisa und deren Listenplatz informiert hatte.

Da blieben dann noch ein paar Fragen offen, wie die, ob es einen direkten Flug nach Kanada gab und wie sie an Bord eines Flugzeuges kam, denn da konnte sie sich nicht unbemerkt einschleichen und ein Lächeln als Bezahlung akzeptierte sicherlich keine Fluglinie der Welt.

Während der Autobus die Außenbezirke der Stadt durchquerte, rief sie sich alles in Erinnerung, was sie von Lisa-Marie aus dem Buch noch im Kopf hatte und das war dann doch beachtlich viel, wie sie jetzt bemerkte.

Schule, Ballettstudio, die Namen der Freundinnen sowie der ihres Teddybären und einiges mehr, nur die genaue Adresse ihrer Wohnung fiel ihr momentan nicht mehr ein und dabei würde sie das Mädchen in den Sommerferien wohl kaum in der Schule antreffen.

Beim Tanz im Studio schon eher, aber bis dahin brauchte der Bus bestimmt noch eine Weile!

Was war eigentlich für ein Wochentag?

Lisa ging nur mittwochs zum Ballett und natürlich war Dienstag!

Damit musste sie noch mindestens einen Tag warten und die Nacht hier irgendwo schlafen. Lohnte es sich da eigentlich, heute bis zum Ballettstudio zu fahren?

Oder sollte sie hier aussteigen, um sich zuerst irgendwo einen Schlafplatz zu suchen?

Als sie aufstehen und aussteigen wollte, kamen ein Mann und eine Frau auf sie zu und wollten ihren Fahrschein sehen.

Den Mann hätte sie leicht umgarnt, aber die Frau würde sie vermutlich nicht so einfach mit einem Lächeln abwimmeln können.

„Nix Billett!", sagte sie und hob die Hände.

Die beiden Kontrolleure sahen sich fragend an, dann versuchte die Frau sie auszuhorchen, bis sie auf Englisch wechselte.

„Mir wurde die Tasche mit dem Geld und dem Ausweis gestohlen", erklärte sie.

Jetzt kam also auch noch eine Lüge hinzu!

Sie wanderte gerade ziemlich rasant und mit großen Schritten durch die blaue zur roten Liste!

„Schöne Ohren", bemerkte die Frau plötzlich.

Svenja ließ die Hand erschrocken sinken. Nervös hatte sie sich unabsichtlich die blonden Locken nach hinten geschoben.

„Ähm", entfuhr es ihr.

„Ich habe auch schon mal an sowas gedacht. Seit diesen ganzen Filmen ist das total angesagt, aber mir wäre das zu gefährlich mit der OP!", antwortete die Frau.

„Melde den Diebstahl bitte noch bei der Polizei und schönen Tag", erzählte sie danach noch, drehte sich zur Tür, der Bus hielt und die beiden Kontrolleure stiegen aus.

Svenja blickte ihnen entgeistert nach.

Vom Bahnsteig aus warf die Frau ihr einen lächelnden Blick zu. Einem inneren Impuls folgend, sprang Svenja vom Sitz, hechtete durch die sich schließende Tür und prallte mit der Frau zusammen.

Wenige später lagen sie nebeneinander auf dem Gehweg.

„Oh! Entschuldigung", stammelte sie, half der anderen Frau wieder auf und danach klopften sie sich gegenseitig den Staub ab.

„Was möchtest du?", fragte die Frau.

„Ich habe ja kein Geld sowie keine Dokumente mehr und jetzt weiß ich nicht, wo ich heute Nacht bleiben kann! Könntest du mir da helfen und einen Tipp geben?"

„Martina", entgegnete die andere Frau.

„Svenja", antwortete sie und gab ihr die Hand.

„Also ich habe zwar kein Gästezimmer, aber ein ziemlich breites Sofa", erwiderte Martina.

„Das würde mir sehr helfen. Danke schön, sonst müsste ich auf einer Parkbank schlafen", äußerte sie.

„Wenn du in zwei Stunden wieder hier bist, dann nehme ich dich mit. Hast du schon was gegessen?", fragte Martina jetzt.

„Nur ein Eis", antwortete sie.

Martina zog einen Geldschein heraus und zeigte auf ein Café an einer Straßenecke.

„Danke dir", entgegnete sie, Martina nickte ihr zu und ging.

Die Frau war gerade auf der grünen Liste ganz nach oben gewandert!

Und sie? Fast auf die rote!

Martina schlenderte davon und warf ihr auf den sicherlich nicht mal hundert Metern bis zur nächsten Straßenecke noch viermal einen Blick über die Schulter zu.

Die etwa gleich große und etwas fülligere Frau hatte wirklich ein einnehmendes Lächeln und Svenja konnte noch immer nicht glauben, dass sie, statt eine Strafe zu bezahlen, noch zwanzig Euro von der Frau geschenkt bekommen hatte und außerdem eine Schlafgelegenheit obendrauf fast sicher hatte.

Martina warf einen letzten Blick zu ihr, lächelte erneut und nickte, dann war sie verschwunden.

Mit dem Geldschein in der Hand blickte Svenja zum Himmel und flüsterte: „Lieber Santa, bitte bringe Martina dafür ein ganz großes Weihnachtsgeschenk! Sie hat sich das ausdrücklich verdient!"

Jetzt drehte sie sich zu dem Café um, denn ihr Magen begann sich zu melden und dieses kleine Restaurant versprach heiße Schokolade und Plätzchen.

„Endlich mal was richtiges Essen!", seufzte sie und stürmte mit der Banknote los.

Vor dem Restaurant war noch ein Tisch frei, sie setzte sich und zum Glück war die Speisekarte bebildert, wodurch sie nur auf die gewünschten Dinge zeigen musste.

Die Schokolade kam schnell, die Plätzchen waren ein Gedicht und mit dieser Leckereien lehnte sie sich zurück und dachte an Martina.

Dieses schöne Gesicht, von braunen kurzen Haaren eingerahmt, ging ihr nicht mehr aus dem Kopf.

Es war wohl Glück, dass sie auf Martina getroffen war, aber ihre andere Aufgabe schob sich wieder in den Vordergrund: Sie musste am nächsten Tag ergründen, was mit Lisa-Marie passiert war und danach einen Weg finden, um nach Hause zu kommen.

Aber zuvor genoss sie die Sonne, den Kakao und das vorzügliche Backwerk!

Für den Geldschein bekam man in dieser Patisserie so unglaublich viele Kekse!

Herrlich war es hier!

7. Kapitel

Gute und schlechte Tage

Es war einer jener Tage, die sie in ihrem Job hasste und auch gleichzeitig wieder liebte. Tina schob sich durch die Menschenmassen, um zur nächsten Bahn zu kommen und dort die anstehenden Kontrollen zu machen.

Eine Gruppe von quengelnden Kindern wollte unbedingt noch in eine Bahn, die ohnehin schon aus allen Nähten zu platzen drohte.

Zusammen mit Klaus, ihrem Kollegen, versuchte sie mit der Lehrerin und einer Passantin die zwanzig Kinder zu beruhigen, da ja ein paar Minuten später die nächste Bahn zum Zoo fuhr.

Ferienzeit war im öffentlichen Nahverkehr mitunter die Hölle, wobei das seltsamerweise nicht für alle Strecken zutraf.

Die Bahnen zu den Schulen waren bisweilen leer, die zu den Museen, Bädern und natürlich zum Zoo dagegen übervoll!

Die Bahn rollte los, die Kinder maulten herum und eines davon hieb ihr wütend mit einem Koala aus Plüsch in den Magen, was aber nicht sonderlich wehtat.

Für diese Arbeit hielt sie sich in einem Sportstudio und einem Kampfsportverein fit. Das brauchte man zwar nicht bei den Kindern, aber zuweilen dann doch. Und Kondition konnte man niemals genug haben.

Die nächste Bahn kam, war fast leer und die Kinder stürmten jubelnd in das Fahrzeug hinein. Die Lehrerin war echt nicht zu beneiden und ihr gequälter Gesichtsausdruck sprach momentan wohl Bände.

Und das war auch noch die Hinfahrt! Das Geschrei, wenn der Ausflug dann Stunden später enden musste, wollte sie lieber nicht ertragen müssen.

„Jetzt einen Kaffee?", fragte Klaus schnaufend, als sich die Tür endlich hinter der Gruppe schloss.

Sie nickte ihm zu und folgte ihm zu dem Stand an der Haltestelle. Ein schneller Kaffee ging immer!

„Du, die Frau vorhin", begann Klaus.

Sofort hatte sie wieder diese Augen vor sich und sie wusste sofort, was oder wen Klaus damit meinte.

„Ja? Was ist mit ihr?", entgegnete sie und nahm den ersten Schluck.

„Du hast sie einfach so gehen lassen. Normalerweise hättest du ihr die 60 Euro fürs Schwarzfahren abknöpfen müssen!"

„Warum hast du sie nicht abkassiert?", antwortete sie ihrem Kollegen mit der Gegenfrage.

„Die war viel zu süß", erwiderte Klaus und schnalzte mit der Zunge.

„Kannst du eventuell auch mal an was anderes denken?"

„Gelegentlich schon", gab Klaus ihr schmunzelnd zurück.

Sicherlich war es ein Scherz von ihm gewesen, denn mittlerweile kannten sie sich beide ganz gut.

Sie machten diese Touren schon seit ein paar Jahren und waren nach Feierabend gelegentlich auch mal auf ein Bier in der kleinen Kneipe neben der Zentrale gewesen. Da redeten die Männer auch oft so und meinten es eigentlich ganz anders.

Doch jetzt kam sie eben nicht mehr umhin, an diese fremde Frau zu denken.

In ihrem Blick war so etwas wie ein unschuldiges Kind gewesen und die Erklärung klang schlüssig. Bei dieser Arbeit musste man sich auf sein Bauchgefühl verlassen können, aber der Blick dieser himmelblauen Augen hatte für ein ganz komisches Kribbeln in der Magengrube gesorgt.

Etwa dort, wo sie gerade eben der Koala getroffen hatte, doch der Blick war tiefer gegangen! Bis unter die Haut!

„Denkst du, dass sie dann wiederkommt? Oder macht sie sich mit den 20 Euro von dir aus dem Staub?"

„Ich hoffe, dass sie dann noch da ist", erwiderte sie.

„Manchmal bist du ganz schön blauäugig!",
antwortete Klaus, wobei die andere Frau das eigentlich war.

Abermals fing sie dieser Blick ein und er fiel ihr bis in den Magen.

„Hast du gesehen, was die anhatte?", frage Klaus und pfiff leise.

„Wohl eher, was sie nicht anhatte? Oder? Höre auf zu sabbern", entgegnete sie ihm scherzhaft und boxte ihm leicht in die Rippen.

„Also, die würde ich nicht von der Bettkante schubsen!"

„Das würdest du vermutlich bei keiner, die sich zu dir in dein Schlafzimmer verirrt. Oder sehe ich das falsch?", entgegnete sie spitz und zwinkerte ihm zu.

„Die Arbeit ruft", wich Klaus ihr aus, trank seinen Kaffee aus und zeigte zur Straßenbahn, die sie als Nächstes kontrollieren mussten.

Diese Beschäftigung verlangte jetzt wieder ihre volle Aufmerksamkeit und wenig später hatte sie alle Hände voll zu tun.

Eine Gruppe Jugendlicher war der Meinung gewesen, ohne Ticket fahren zu dürfen und einer davon versuchte auch noch, einen Ringkampf mit ihr zu gewinnen.

Sekunden später war die Situation geklärt und der Rüpel an der nächsten Haltestelle aus der Bahn gezogen, wo sie danach zusammen auf die Polizei warteten.

Dort jammerte und zeterte der Bursche plötzlich herum.

„Bitte sagen sie es bloß nicht meiner Mutter!", heulte er.

„Das hättest du dir vorher überlegen sollen!", erklärte sie ihm und übergab ihn zur Aufnahme der Personalien an die Streife.

„So ein Jammerlappen. Erst will er mit dir kämpfen und dann hat er Angst vor seiner Mutter", äußerte Klaus und trat zu ihr.

„Die fühlen sich immer nur in der Gruppe stark. Einzeln haben dann alle Schiss vor Mama. Du doch bestimmt auch. Oder?", gab sie ihm zurück und zwinkerte ihm zu.

„Die letzte Bahn, dann ist Schluss für heute. Kommst du dann später noch auf ein Bier mit?", wich Klaus ihr abermals aus.

„Ich habe heute etwas anderes vor!"

„Die heiße Blondine!", erwiderte Klaus und sie beide mussten lachen.

Die Bahn bog um die Ecke, sie gingen auf den Bahnsteig und warteten.

Und in ihren Gedanken hatte sie wieder diese fremde Frau, von der sie nichts wusste, außer dass sie Svenja hieß und so wunderbare himmelblaue Augen hatte.

Für einen Moment hatte sie sogar Angst davor, dass sie wirklich einfach mit dem Geldschein verschwand, aber zuvor musste sie sich wieder auf ihre Tätigkeit konzentrieren.

In dieser Bahn musste Klaus eine Situation klären und sie sah nur aus der Entfernung zu, die Zeit hatte es gebracht, dass sie sich fast blind verstanden. Jeder konnte in der Körperhaltung des jeweils anderen lesen, ob er gerade Hilfe brauchte, oder ein Zusammentreffen selbst klären konnte.

Die entspannte Pose ihres Kollegen signalisierte ihr, dass er das ganz gut ohne sie lösen konnte.

Dann näherte sich die Bahn schließlich jener Haltestelle, an der sie sich mit Svenja treffen wollte, sie betätigte den Taster, nickte Klaus zu und wartete, dass sich vor ihr die Türen öffneten.

Einen Schritt später stand sie auf dem Bahnsteig und suchte in der Menschenmenge jene noch fast Unbekannte, die sie hier zu treffen hoffte.

Menschen strömten aus der Bahn und wieder hinein, der Bahnsteig leerte sich und dann sah sie diese Gestalt auf der Bank sitzen, die sie so in ihren Bann gezogen hatte.

Innerlich jubelnd ging sie auf die Frau zu und lächelnd wurde sie begrüßt.

Das hier war eindeutig ein guter Tag, ein sehr guter!

8. Kapitel

Sommer in der Stadt

Martina war pünktlich gewesen und sie natürlich auch, wobei sie die zwei Stunden bei Kakao und Plätzchen wirklich genossen hatte.

Der Kellner hatte so seltsam den Kopf geschüttelt, als sie sich zum fünften Mal diese wirklich ausgezeichneten Kekse nachbestellt hatte, aber sie hatte eben Hunger gehabt.

Jetzt ging sie an Martinas Seite durch die Straßen dieser mehr als quirligen Stadt.

Für einen Wochentag im Juli war hier eine ganze Menge los und wehmütig dachte sie an ihren Urlaub zurück. Da war von solch einem Trubel nicht die Spur gewesen, aber wenn man einen Ort in Kanada am Polarkreis als Ferienort wählte, dann war man da eben fast alleine!

Hier war das ganz anders und damit wurde die Suche nach Lisa am nächsten Tag vermutlich ziemlich schwierig, aber eventuell konnte Martina da helfen, die sich hier bestens auskannte, denn sie zählte ihr gerade die Sehenswürdigkeiten der Stadt auf.

Immer wieder blickte sie von der Seite in das Gesicht der anderen Frau.

Bisher hatte sie von sich selbst nicht allzu viel verraten und das würde wohl auch so bleiben müssen, denn erwachsene Menschen hatten mit Weihnachtselfen normalerweise so rein gar nichts mehr am Hut.

Kleinkinder schon eher, aber sie versuchte, nicht zu sehr aufzufallen, damit ihr nicht die gesammelte Kinderschar der Stadt folgte, um ihre Weihnachtswünsche bei ihr abzugeben.

„Wo kommst du eigentlich her?", fragte Martina sie jetzt und blickte ihr in die Augen.

Bei diesem Blick stolperte sie, aber Martina fing sie auf, bevor sie zu Boden fallen konnte.

Diese Augen konnten einen schon umhauen, aber sie hatte eine Mission.

Und jetzt musste sie erst mal eine Legende erfinden, denn die Wahrheit würde vielleicht Martina umwerfen.

„Aus Kanada! Ich mache hier eigentlich nur Urlaub, aber so ohne Papiere und Geld sind meine Ferien damit wohl auch schon wieder vorbei", erklärte sie.

„Kanada! Und wo da genau?"

„Ein kleiner Ort, kurz vor dem Polarkreis, den kennst du sicher nicht. Da leben kaum Menschen", log sie.

„Und warum machst du dann im Sommer Urlaub, wo es da auch bei dir schön hell ist?", fragte Martina verschmitzt nach.

„Gute Frage", entgegnete Svenja und brauchte eine neue Lüge.

Das obere Ende der roten Liste kam deutlich in ihren Blick, sie seufzte und setzte hinzu: „Im Winter habe ich sehr viel zu tun. Ich arbeite in der Verwaltung einer Firma, die viele Päckchen verschickt, und um die Weihnachtszeit ist da bei uns immer die Hölle los!"

Das war nur eine halbe Lüge.

Oder sogar zu 90 % die Wahrheit!

„Verstehe. Im Advent helfe ich auch manchmal in einem Paketzentrum aus. Ich weiß nur zu gut, was du meinst!", antwortete Martina und warf ihr wieder einen dieser Blicke zu.

„So, wir sind da", erklärte sie und holte einen Schlüssel aus der Tasche.

„Ich möchte dir danken, dass du mir hilfst. Das ist sicherlich nicht alltäglich. Oder machst du das öfters?", entgegnete Svenja, als Martina die Tür aufschloss.

„Nein, du bist mein erster Versuch. Zumindest dabei, mit einer Frau die Nacht zu verbringen", antwortete Martina schmunzelnd und hielt ihr die Haustür auf.

Das Treppenhaus war angenehm kühl nach diesem heißen Tag in der Stadt und sie folgte der Frau nach oben in deren Wohnung, die im vierten Stock lag.

So viele Treppen war sie noch nie in ihrem Leben gestiegen, denn selbst der Gang in den

Keller im Hauptquartier war nur eine Etage gewesen.

„Du steigst nicht oft Treppen. Oder?", fragte Martina oben und strich ihr sanft eine Haarsträhne hinters Ohr.

„Nein! Mein Iglu hat keine", erwiderte sie schnaufend.

„Also mit Eis kann ich dir nicht dienen. Höchstens aus der Tiefkühltruhe, die müsste ich mal wieder abtauen", antwortete Martina, schob sie in die Wohnung und verschloss die Tür hinter ihnen wieder.

Als Nächstes drückte ihr die Frau eine Flasche mit Wasser in die Hand und Svenja hörte es richtig zischen, als das kühle Getränk ihre heiße Kehle hinunterlief.

„Danke, Martina", seufzte sie einen Moment später.

„Tina. Meine Freunde sagen einfach nur Tina."

„Dann danke, Tina", entgegnete sie und blickte sich um.

Die Wohnung war ziemlich gemütlich eingerichtet, aber auch ein wenig warm für ihren Geschmack, doch das war hier im Sommer vermutlich überall so.

„Sommer in der City", lachte Tina, die wohl ihre Gedanken gerade gelesen hatte.

„Ja, ein bisschen zu viel für meinen Geschmack", setzte Svenja ihr seufzend entgegen.

„Ich bin jedenfalls froh, dass dein Weg dich hierher geführt hat", bemerkte Tina und ging vor ihr her zur Küche.

Für einen Moment blickte Svenja ihr nach. Tina war froh, dass sie hier war und hatte ihr mit ihrer Bemerkung zuvor wohl gerade die Freundschaft angeboten. Zumindest deutete sie Tinas Worte in dieser Weise.

„Warst du denn schon bei der Polizei?", wollte die Freundin jetzt wissen.

„Da gehe ich morgen hin, aber ich glaube nicht, dass das was bringt. Es war meine Handtasche mit Geld und Ausweis, sonst nichts. Ich hätte einfach besser aufpassen müssen", log Svenja und folgte der Freundin in den etwas frischeren Raum.

„Was möchtest du essen?"

„Plätzchen und heißen Kakao", entgegnete sie.

Tina hatte die Tür des Kühlschrankes geöffnet und ein kühler Hauch umwehte sie.

Prüfend zog die Freundin die Augenbrauen hoch.

„Plätzchen und Kakao?"

„Ja, ich ernähre mich praktisch nur davon", antwortete sie und trat neben Tina.

„Bei deiner Figur hätte ich eher auf irgendeine exotische Diät getippt. Ich nehme schon zu, wenn ich nur einen Keks aus der Ferne sehe!", seufzte Tina und blickte abermals in den Kühlschrank hinein.

„Also Milch ist da, Kakao muss auch noch irgendwo sein, aber Kekse habe ich hier schon ewig nicht mehr gehabt", begann Tina und suchte in ihrem Eisschrank herum.

Über die Schulter der Freundin blickte Svenja in die Fächer hinein und überlegte dabei, was sie davon essen konnte.

„Ach, was soll es. Ich bestelle einfach was", erklärte Tina schließlich und knallte die Tür zu.

„Ok, du möchtest Kekse? Und welche Geschmacksrichtung?", fragte sie und griff sich das Telefon.

„Egal!"

„Wenn schon, dann Schoko! Die muss ich mir dann morgen zwar wieder von den Hüften rennen, aber zur Feier des Tages gönn' ich mir mal was!", erwiderte Tina schmunzelnd und wählte die Nummer.

Keine halbe Stunde später saßen sie bei Keksen und warmen Kakao in einer noch viel heißeren Wohnung.

9. Kapitel

Krümelmonster unter sich

Tina konnte sich gerade nicht mehr daran erinnern, wann sie wirklich das letzte Mal Kekse und Kakao am Abend hatte, aber das spielte im Moment auch gar keine Rolle mehr.

Statt mit Bier und einem eigentlich schon lange fest eingeplanten Abenteuerfilm saß sie eben mit Svenja und einer Tasse auf der Couch.

Svenja erzählte so wundervolle Geschichten aus ihrer kanadischen Heimat, aber immer wieder beschlich sie dabei dieses Gefühl, dass sie hier nicht zum Urlaub war.

Sie vermittelte ihr mehr den Eindruck einer Aussteigerin, oder Weltenbummlerin, die ohne viel Gepäck um die Welt zog und das machte die ganze Sache für sie nur noch interessanter.

Jedenfalls hatte Klaus durchaus recht, denn die Kleidung, die sie trug, war schon so, dass da manchem Mann sicherlich der Unterkiefer herunterklappte.

Zumindest dann, wenn sie sich nach ihrer Tasse vorbeugte, die auf dem Tisch stand, oder den nächsten Keks aus der Schachtel nahm.

Abermals strich sich Svenja eine blonde Strähne hinter ihr Ohr und das sah wirklich so aus, wie die Elben das in dem Film hatten, den sie eigentlich zuvor an diesem Abend sehen wollte.

„Hat das eigentlich sehr wehgetan? Und war das teuer?", fragte sie und zeigte auf das Ohr.

„Wehgetan sicherlich, aber ich habe nicht viel davon gespürt. Und teuer? Nein, eigentlich nicht", antwortete Svenja und zupfte an der Ohrspitze.

„Ich hab da auch schon mal darüber nachgedacht, aber mich schreckt die Narkose etwas ab", seufzte Tina und zeigte der Frau die Box mit dem Film.

König Elrond hatte auf dem Bild auf der Rückseite der Schachtel fast genauso spitze Ohren, wie Svenja.

Sie nahm den Film und sah sich das Bild an. Unbewusst zupfte sie sich dabei erneut am Ohr und schüttelte danach den Kopf.

„Wer ist das denn? Muss ich den kennen?"

„Eigentlich schon. Das ist der König der Elben. Der Film ist doch weltberühmt und jeder kennt den. Hast du dir die Ohren nicht deswegen machen lassen?"

„Nein. Tatsächlich kenne ich keine Elben, nur Elfen!", erwiderte Svenja und legte die Box zurück auf den Tisch.

„Wie im Märchen?"

„Na ja, Märchen würde ich nicht sagen. Kennst du das nicht? Elfen, Trolle und Zwerge?"

„Du hast den Film also doch schon mal gesehen!", stellte sie fest.

Svenja schüttelte erneut den Kopf und beugte sich zum nächsten Keks nach vorn. Der Ausblick, oder besser Einblick, den sie ihr dabei abermals bot, war wirklich unbeschreiblich schön. Sogar für sie!

„Und ich bin wirklich die erste Frau, die du einfach so in deine Wohnung lässt?", erkundigte sie sich.

„Zumindest für über die Nacht. Gelegentlich kommen schon mal ein paar Freundinnen, obwohl hier eher mehr Männer zu finden sind. Manche bleiben dann auch über Nacht!"

„Und was machst du so mit denen?", fragte Svenja und biss in den nächsten Keks.

„Halma spielen", gab sie der anderen Frau zurück.

Was sollte diese blöde Frage?

„Macht das Spaß?"

„Mitunter schon. Man muss viele Frösche küssen, bevor dann mal ein Prinz dabei ist", stöhnte sie.

„Wo genau wohnst du eigentlich? Du hast Kanada gesagt?"

„Ja, ein kleiner Ort am Polarkreis. Keine hundert Menschen leben dort!", antwortete sie und nannte den Namen.

Schnell war der Ort in der Suchabfrage des Handys eingegeben und die Bilder sahen wirklich sehr romantisch aus. Aber eben auch äußerst einsam.

„Wohnen deine Eltern auch dort?"

„Ich habe nur eine Pflegemutter. Meinen Vater kenne ich nicht! Wir sind so eine Art von Weiberhaushalt mit ihr und meinen Freundinnen", erklärte Svenja.

Tina griff in die Schachtel auf dem Tisch, aber die war leer und die anderen beiden auch!

„Haben wir wirklich gerade 150 Schokokekse verdrückt?", fragte sie entsetzt.

„Ähm, ich denke schon", erwiderte Svenja und zeigte auf die drei leeren Kisten auf dem Tisch.

Tina nahm eine der Packungen, las die Rezeptur und seufzte auf. Das machte drei Stunden hartes Lauftraining, um das wieder einigermaßen von den Hüften zu bekommen!

„Es ist schon spät. Wir sollten jetzt schlafen gehen. Ich muss morgen früh aus dem Hause", erklärte sie, als sie zur Uhr auf dem Schränkchen sah.

Svenja verspeiste noch die letzten Krümel und räumte danach schnell die Packungen zusammen.

„Möchtest du vor dem Schlafen noch duschen? Ich mache das im Sommer jeden Tag. Mit kaltem Wasser auf der Haut kann ich nämlich viel besser einschlafen!"

„Warum nicht?"

„Hast du eigentlich eine Dusche in deinem Iglu?", fragte sie scherzhaft nach.

„Natürlich, aber da kommen nur Eiswürfel raus", antwortete Svenja frech.

Beide mussten sie darüber herzhaft lachen und Svenja erstrahlte regelrecht dabei.

„Ich zeige dir das Bad", sagte sie und ging voran.

„Das ist ja wirklich wundervoll", bemerkte die Frau, als sie hinter ihr in den Raum trat.

Tina blickte sich um. Es sah doch ganz gewöhnlich aus. Ein normales Bad mit Dusche und Wanne, einer Waschmaschine und ziemlich viel Wäsche, die gerade über den Handtuchhalten trocknete.

Diese Unordnung war ihr jetzt allerdings etwas peinlich. Kein Mann hätte sich daran gestört, aber Svenja gegenüber war ihr das schon unangenehm.

„Ich nehme das mal schnell weg und bringe dir ein großes Handtuch", äußerte sie und raffte eilig die Unterwäsche vom Handtuchhalter.

Mit zwei Armen voller Kleidung lief sie in ihr Zimmer, warf die Wäsche aufs Bett und griff sich ein Handtuch aus dem Schrank.

Mit dem Tuch ging sie wieder zurück.

Im Badezimmer betrat Svenja gerade nackt die Duschkabine und bei diesem Anblick schlug ihr Herz viel schneller.

Was war denn hier los?

Das war doch einfach nur eine nackte Freundin, die hier duschen wollte!

Warum zum Geier beschleunigte sich dabei ihr Puls?

Svenja zog die Tür hinter sich zu und war damit nur noch undeutlich zu sehen und dennoch faszinierte sie die Gestalt der anderen Frau.

Bei dieser Ernährung musste man doch eigentlich Sport bis zum Umfallen machen, aber davon hatte Svenja nichts erwähnt und dennoch war sie überraschend gut in Form.

„Ich hänge dir das Handtuch hier hin. Brauchst du noch was?", fragte sie, um sich von ihrem Bild loszureißen.

Svenja blickte über die Schulter zurück, schüttelte den Kopf und erkundigte sich aber dennoch: „Kann ich dein Duschgel benutzen?"

„Ja, klar", antwortete sie und griff sich die Flasche, um sie ihr zu bringen.

Damit musste sie jetzt ziemlich nah an sie heran.

Svenja öffnete die Tür einen Spalt, nahm die Flasche entgegen und roch daran, während die Kabine noch offen stand.

Himmel, war das ein Körper!

Da war alles am richtigen Platz und das konnte unmöglich von Keksen und Kakao kommen!

Svenja musste ein Geheimrezept haben, oder so einen Stoffwechsel, dass sie alles essen konnte, was auch immer sie wollte.

„Hmmmm, Pfirsich, ich danke dir", sagte Svenja und zog die Tür zu.

Tina musste sich jetzt aus dem Raum herausreißen, denn ihr Herz klopfte augenblicklich extrem schnell.

10. Kapitel

Nachtgedanken

Satt, zufrieden und vorerst rundum glücklich lag Svenja auf dem Sofa und blickte zur Zimmerdecke hinauf.

Die Freundin, und zu einer solchen war Tina in den paar Stunden bereits geworden, stand gerade im Bad unter der kalten Dusche, die auch ihr zuvor etwas Abkühlung gebracht hatte.

Die Hände hinter dem Kopf verschränkt, dachte sie über all das nach, was ihr dieser Tag gebracht hatte.

Und natürlich auch darüber, was der nächste wohl noch bringen würde.

Zusammen hatten sie drei große Pakete Kekse verdrückt, wobei Tina erst zum Schluss seufzend das Resultat zusammengefasst hatte.

Unwillkürlich musste sie bei dem Gedanken an Tinas gequälten Gesichtsausdruck schmunzeln, aber beim Erzählen hatten sie beide nicht bemerkt, wie schnell so eine Packung Gebäck im Mund verschwand.

Sie hatte von ihrem Aufenthalt in Kanada erzählt, ohne dabei allerdings zu erwähnen, dass es nur ein Urlaub gewesen war und Tina hatte auf ihrem Handy ein paar Bilder von der Gegend gefunden, bei deren Betrachtung sie so richtig ins Schwärmen gekommen war.

Jetzt brauchte sie eigentlich nur noch das Bettzeug und ein T-Shirt für die Nacht, um den nächsten Tag gestärkt und ausgeruht angehen zu können.

Lisa-Marie war ihre Mission. Oder besser: sie musste herausfinden, wieso das Mädchen auf der falschen Liste stand.

Nebenan knallte eine Tür und ein Kind brüllte herum. Da wanderte wohl auch gerade jemand auf eine andere Liste und minimierte dabei die Aussichten auf ein Weihnachtsgeschenk.

Die Dusche verstummte und wenig später erschien Tina mit nassen Haaren in der Zimmertür, aber nur zum Teil, ein Arm, der Kopf und ein Bein.

Es war deutlich zu bemerken, dass sie sich nach der Dusche nicht wieder angezogen hatte und ihr daher nicht ihre Nacktheit zeigen wollte.

„Du, Tina, ich brauche noch Bettzeug und ein Shirt zum Schlafen", erklärte sie der Freundin.

„Bettzeug ist da drüben in der Kommode und ein Shirt kann ich dir bringen. Im Sommer schlafe ich allerdings immer ohne, denn bei der Hitze schmilzt man ja sonst!", entgegnete Tina und zeigte auf das Schränkchen in der Ecke.

„Vielleicht sollte sich das dann auch versuchen", entgegnete Svenja und erhob sich.

„Ja, mach das. Ich wünsche dir eine schöne Nacht", antwortete Tina, drehte sich um und ging zu ihrem Schlafzimmer, wobei sie ihr jetzt die völlig unbekleidete Kehrseite zeigte.

Tina war wirklich schön und diese Bemerkung mit den Keksen und den Hüften war wohl sicherlich nur spaßig gemeint, denn sie war zwar etwas fülliger, aber sie hatte auch deutlich mehr Muskeln als sie.

Svenja trat an das Schränkchen, holte das Bettzeug heraus und bezog die wirklich bequeme Couch.

Danach legte sie ebenfalls die Kleidung ab und warf sich auf ihre Schlafstätte.

Es war ungewohnt, so völlig nackt zu schlagen, aber Tina würde da wohl den Nagel auf den Kopf getroffen haben.

Die Freundin hatte alle Fenster in der Wohnung weit geöffnet, ein kühlender abendlicher Hauch wehte durch die ganze Wohnung und erfrischte ihre heiße Haut.

Kakao am Abend in dieser Hitze war wohl wirklich nicht die richtige Entscheidung gewesen.

Lang ausgestreckt, die Hände abermals hinter dem Kopf verschränkt, dachte sie erneut an den nächsten Tag.

„Brauchst du noch etwas?", fragte Tina und riss sie damit aus ihren Gedanken heraus.

„Du bist wirklich wunderschön", setzte Tina jetzt noch hinzu.

Die andere Frau stand mit dem T-Shirt in der Hand in der Tür und blickte sie an.

„Du aber auch", entgegnete sie und wurde sich wieder ihrer Situation gewahr: Sie lag unbekleidet und lang ausgestreckt, mit den Füßen zu Tina, die drei Meter vor ihr ebenfalls nackt in der Zimmertür stand.

Diese Situation war schon etwas eigenartig, denn bisher hatte sie sich noch nie jemanden völlig unbekleidet gezeigt und Tina ging so ganz selbstverständlich damit um, als wäre es das normalste der Welt.

Vielleicht war es das für die Freundin aber auch und nur sie machte sich da über solche unbedeutenden Sachen völlig unnütze Gedanken.

„Na, dann schlaf schön", erzählte Tina und ging.

„Du auch", rief sie der Freundin nach.

Und mit dem erneuten Blick auf die unbekleidete Rückseite der anderen Frau wanderten ihre Gedanken von der Aufgabe des nächsten Tages zu ihr selbst, zu Gedanken, die sie bisher immer nach hinten gedrängt hatte.

Menschen und Elfen waren schon irgendwie anders und vermutlich mehr, als sie bis gerade eben noch gedacht hatte.

Sie unterschied sich offenbar nicht nur bei den Ohren und den Haaren von Tina, sondern das ging wohl sehr viel tiefer.

Zwei Elfen würden wahrscheinlich kaum auf die Idee kommen, sich völlig unbekleidet gegenüberzutreten, zumindest außerhalb der Paarungszeit.

Die fand im Januar statt und bisher war sie immer vor dieser sehr ernsten Angelegenheit zurückgezuckt.

Die Erzählungen von Ronja hatten ihr da völlig genügt, denn im Rausch der Hormone waren die Elfenmänner nicht mehr wirklich Herr ihrer Sinne und das führte dann mitunter dazu, dass man als Elfenfrau da nicht gern daran zurückdachte.

Theoretisch bestand für eine Elfe die Möglichkeit, im Laufe ihres langen Lebens hunderte Kinder zu haben, aber für gewöhnlich blieb es bei drei oder vier Versuchen und das sagte wohl vieles darüber aus, wie es da zugehen konnte.

Bei ihrem ersten Mal hatte Ronja danach wegen der Schmerzen zwei Wochen nicht mehr aus dem Bett aufstehen können!

Das war Jahrhunderte her und Ronja erzählte immer noch davon!

Aus diesem Grunde hatte sie sich bisher davor verweigert, obwohl sie dafür eigentlich im besten Alter war.

Tinas Erklärungen klangen da irgendwie ganz anders. Anscheinend nahm sie bisweilen auch Männer mit in diese Wohnung und es schien ihr zu gefallen.

Doch offenbar ging es da kaum um Fortpflanzung und Kinder, sondern um etwas völlig anders!

Nur um was?

Momentan stellten sich ihr alle Haare auf, wenn sie nur daran dachte, sich einem Mann zu unterwerfen und dieses bizarre Ritual anzunehmen.

Schnell wischte sie die Furcht davor aus dem Kopf, denn es war ja Juli und sie nicht in der eisigen Arktis.

Sie hatte momentan eine andere Aufgabe.

Doch eventuell bestand ja auch mit Tina zusätzlich hier die Möglichkeit, etwas mehr über die Menschen zu erfahren, aus erster Hand sozusagen.

Der kühle Wind wehte mit der Gardine über ihr in den Raum und Svenja erhob sich leise von ihrem Schlafplatz.

Obwohl die Dämmerung schon lange begonnen hatte, war es noch immer ziemlich hell, sie trat an das Fenster und blickt auf die langsam einschlafende Stadt hinab.

Dabei hielt sie die Gardine vor sich, damit niemand von draußen sehen konnte, dass sie nackt war, aber dieser dünne Stoff war ziemlich durchsichtig.

Es fühlte sich sonderbar an, aber es war eben auch der Wärme dieser Nacht geschuldet, hier nicht noch zusätzliches Textil auf der Haut haben zu wollen.

Als sie sich wieder zum Sofa umdrehte, bemerkte sie, dass Tina in der Tür stand und sie wohl schon eine geraume Weile beobachtet hatte.

11. Kapitel

Eine Göttin in der Dunkelheit

Bestimmt seit zwanzig Minuten stand Tina jetzt schon an der Tür und blickte in den Raum. Sie hatte einfach nicht schlafen können, und zwar nicht, infolge der Wärme, sondern wegen Svenja, die ja nur einen Raum von ihr entfernt schlief.

Oder eben nicht, denn sie stand am Fenster, mit der Gardine vor sich und blickte nach draußen.

Das Licht war deutlich weniger geworden, aber noch immer genug hell, um diesen faszinierenden Körper bewundern zu können.

Da befand sich eine griechische Göttin in ihrer Stube, mit einer makellosen Gestalt, wie aus Marmor gemeißelt und auch genau in der Farbe dieses auserlesenen Steines.

Unbeweglich und ohne sichtbaren Atemzug, weil sie ihr ja nur den Rücken zugedreht hatte, stand sie dort.

War Svenja gegangen und hatte eine Statue von sich dort hingestellt?

Man hätte es annehmen können, doch sie war es leibhaftig und Tina kam von dieser Ansicht nicht mehr los.

Und ihr Herz schlug abermals bis zum Hals.

Das warme Gefühl in ihrem Bauch kam jedenfalls nicht von den Plätzchen oder dem Kakao des Abends und auch die Hitze des momentan entschwindenden Tages war nicht daran schuld!

Es war einfach nur diese atemberaubende Perspektive!

Das war doch irre!

Svenjas Körper hatte sie in seinen Bann gezogen, hielt sie genau an dieser Position fest und sie war unfähig, sich noch zu bewegen, aus Angst, dass sich diese Gestalt vor ihr einfach so auflöste und wie ein Traumbild verschwand.

Dabei kannte sie Svenja gerade mal ein paar Stunden und möglicherweise entschwand sie mit dem Morgen ja wirklich auch schon wieder.

Doch allein bei diesem Gedanken an den erzwungenen Abschied zog sich ihr Herz schmerzhaft zusammen.

Ja! Svenja hatte sie wirklich verzaubert!

Vor ein paar Stunden wollte sie noch fragen, wie es Svenja schaffte, solch einen Körper zu haben, jetzt würde sie alles dafür geben, diesen zauberhaften Leib berühren zu dürfen, diese samtige Haut zu fühlen, die sie bisher nur in der Duschkabine und auch da bloß kurz aus der Nähe gesehen hatte.

Svenja hatte von Feen und Märchen erzählt, aber sie selbst war das Märchen.

Möglicherweise kamen diese Geschichten von Menschen, die ebenfalls solch ein betörendes

Wesen beobachtet hatten und sich diese Faszination nur mit Zauberei erklären konnten.

Svenja drehte sich zu ihr um und blickte ihr direkt in die Augen. Auch ihre Vorderseite war sagenhaft und die halb über ihren Körper gehaltene Gardine betonte die Nacktheit nur noch viel mehr.

„Du bist einfach eine Zauberin!", stöhnte Tina auf.

Svenja ließ die Gardine los, blieb aber so stehen und das schrie jetzt danach, dass sie ihrerseits auf die Frau zuging.

Sie konnte einfach nicht anders, denn dieser Blick hatte sie gefangen, zog sie an.

Mit jedem Schritt wurden Svenjas Konturen weicher, dann stand sie vor ihr und musste sie einfach küssen.

Augenblicklich kam Bewegung in diesen göttlichen Leib, Svenja zuckte erschrocken zurück und prallte dabei mit dem Hinterkopf gegen die Wand neben dem Fenster.

„Bitte tue mir nicht weh!", stieß sie aus.

„Das lag nicht in meiner Absicht. Wieso sagst du so etwas?", entgegnete sie verwirrt.

„Ich habe gehört, dass das erste Mal sehr weh tun soll!", antwortete Svenja und rieb sich den Hinterkopf mit einer Hand.

„Das erste Mal? Hast du etwa noch nicht?"

Verlegen schlug Svenja die Augen nieder und schüttelte den Kopf.

Dieser Anblick hätte jetzt jeden dazu bewogen, über sie herzufallen.

„Also ich hatte auch noch nichts mit einer Frau, aber ich glaube nicht, dass das wirklich weh tut!", erklärte sie und kam nicht umhin, diesen alabasterfarbenen Leib aus der direkten Nähe zu bewundern.

Und selbstverständlich konnte sie es auch nicht verhindern, dass ihre Fingerspitzen jetzt diese samtene Haut berühren mussten.

Svenja stand mit dem Rücken zur Wand, konnte daher nicht mehr fort und sie zitterte bei dieser Berührung.

War es aber Furcht oder erwachende Begierde, die sie dermaßen beben ließ?

Tina wusste es nicht, sie spürte nur, dass dieses unbändige Verlangen gerade auch durch ihren eigenen Leib raste!

„Mein Gott, bist du schön", hauchte sie.

Abermals suchten ihre Lippen Svenjas Mund, ihre Hände glitten durch die Haare der anderen Frau und das wundervolle Gefühl, das sich gerade in ihrem Unterleib aufbaute, war einfach nur der Hammer.

Svenja blieb im Kuss, hatte die Augen niedergeschlagen und schließlich gingen auch ihre Hände auf Wanderschaft.

Den Rücken der anderen Frau durch ihren eigenen Leib gegen die Wand gedrückt, stand sie mit weichen Knien vor Svenja, die offenbar jetzt ebenfalls den Kuss suchte, was Tina sofort mit Lippen und Zunge beantwortete.

Jede Angst war offenbar von Svenja abgefallen und auch bei ihr ließ dieses unbändige Verlangen keinen Zweifel mehr zu!

Sie griff fester in Svenjas Haare und zog sie noch näher an sich heran.

Im nächsten Moment lagen sie beide vor dem Sofa auf dem Teppich, sie wusste nicht, wie sie hierhergekommen war, oder was in den letzten Minuten passiert war, aber ein so gigantischer Höhepunkt der sinnlichen Lust, wie sie ihn noch nie zuvor erlebt hatte, brandete noch immer durch ihren Leib!

Das war gewaltig!

Ihre Glieder zuckten weiterhin und unter ihr lag Svenja, die sich an sie geklammert hatte, nur noch abwesend stöhnte und sich vor Lust auf dem Boden wandte.

Nie zuvor war sie so schnell und dermaßen explosiv bei einem Mann gekommen.

„Oh! Mein! Gott!", schnaufte Svenja unter ihr und ließ endlich los.

Völlig kraftlos rutschte Tina zur Seite und lag einen Augenblick später neben Svenja zwischen Tisch und Sofa. Man hätte sie jetzt wegtragen können und sie hätte sicherlich nicht mehr die Kraft gehabt, sich dagegen zu wehren.

„Und? Tat es weh?", fragte sie die andere Frau.

Svenja schüttelte den Kopf.

„Und dabei muss eine von uns beiden gegen den Tisch geprallt sein!", setzte Svenja einen Moment später hinzu, denn das Möbelstück lag zur Seite gekippt neben ihnen.

„Ich weiß nicht, was es gewesen ist, aber so etwas habe ich noch nie erlebt", schnaufte Tina und ihre Lippen fanden sich für einen weiteren Kuss.

„Wollen wir ins Bett gehen? Das ist breiter, als die Couch?", fragte sie.

Svenja nickte und sie halfen sich beide auf die Füße.

Der nächste Kuss kam im Stehen und abermals raubte er ihr die Sinne, aber sie mussten es wohl unbewusst bis ins Schlafzimmer geschafft haben, denn als sie wieder die Augen öffnete, lag Svenja schnaufend neben ihr im Bett.

„Ist das immer so? Dann frage ich mich nämlich, wovor ich all die Jahre Angst hatte?", erkundigte sich Svenja schwer atmend.

„Nein, normalerweise nicht! Das ist Zauberei", flüsterte Tina und die Schläfrigkeit zog ihr die Augen zu.

Sich gegenseitig im Arm haltend, schliefen sie beieinander ein.

12. Kapitel

Im tiefroten Bereich!

Ein ziemlich nerviges und monoton piepsendes Geräusch holte Svenja aus dem Schlaf, sie schlug die Augen auf und schaute in das Gesicht der anderen Frau.

Sie brauchte einen Moment, um alle Zusammenhänge zu finden, dann zuckte sie erschrocken zurück, denn sie lag entkleidet mit der ebenfalls nackten Tina in deren breitem Bett und dabei war sie doch eine Elfe!

Es gab da so ein oberstes Gebot für alle Elfen: Verliebe dich nie, niemals und unter keinen Umständen in einen Menschen!

Aber war es Liebe gewesen?

Zumindest hatte es sich gut angefühlt und erst jetzt kam der Schmerz zurück.

An ihrem Hinterkopf befand sich eine ziemliche Beule und diese erinnerte sie daran, dass sie vor dem ersten Kuss ihres Lebens zurückgezuckt und mit dem Hinterkopf gegen die Wand geprallt war.

Über Tinas Oberschenkel zog sich ein dicker blauer Streifen und ihr fiel wieder ihre Frage in der Nacht ein.

Es musste Tina gewesen sein, die im Fallen die Tischkante getroffen und damit das Möbelstück aus dem Weg geräumt hatte.

Noch immer fühlte sie so ein Glücksgefühl in sich, aber es war falsch, was sie hier tat! Das durfte sie nicht, denn sie verstieß damit gegen die oberste Direktive des Elfenrates!

Keine Elfe durfte mit einem Menschen im Bett landen!

Wenn das hier jemand erfuhr, dann musste man für sie eine neue tiefrote Liste erfinden, denn für solch ein Vergehen gab es bisher noch keine Strafe, weil so ein gigantischer Frevel in Jahrtausenden noch nie geschehen war.

Oder hatte es nur keiner erzählt?

Jedenfalls war es wunderschön gewesen und kein Vergleich zu Ronjas Beschreibung jenes schmerzhaften Rituals im Januar!

Vorsichtig löste sie sich aus Tinas Arm, um aus dem Bett zu flüchten, doch die Frau erwachte wohl auch gerade.

Die Morgensonne fiel in den Raum und zeichnete Tinas Gesicht ganz weich.

Sie räkelte sich, schlug diese rentierbraunen Augen auf und hauchte: „Hallo, Svenja, meine Fee! Was für eine zauberhafte Nacht!"

„Guten Morgen, Tina", entgegnete sie gespielt kühl, denn diese Augen hatten sie eingefangen und sie war erneut bereits kurz davor, gegen die Weisung des Elfenrates zu verstoßen!

„Was ist los?", fragte Tina selbstverständlich sofort.

„Das hätte nicht passieren dürfen", antwortete sie.

„Warum? Weil wir zwei Frauen sind?"

Svenja nickte bloß, denn sie konnte ja nicht erklären, dass sie zwei verschiedene Spezies waren und das hier seit Ewigkeiten unter strenger Strafe stand.

„Und dennoch war es einfach nur großartig", flüsterte Tina und diese wunderbar zarten Fingerspitzen strichen über ihren Leib.

Es fühlte sich abermals unbeschreiblich an.

Noch zwei Minuten diese Sinnenfreude und sie würde die oberste Verordnung endgültig über den Haufen werfen und damit das nicht geschah, sprang sie aus dem Bett.

Sie brachte damit den größtmöglichen Abstand zwischen ihre bereits bebende Haut und diese sehnsüchtig erflehten Berührungen, bevor das Verderben sie gänzlich davon riss.

„Ach schade", seufzte Tina nur.

„Ich gehe mich mal schnell duschen", stieß Svenja aus und verließ fluchtartig dieses verbotene Schlafzimmer.

„Mein Gott, was habe ich bloß getan!", seufzte sie schließlich unter dem kalten Strahl aus der Dusche, aber kein Wasser der Erde würde diese Schuld wieder von ihr waschen können.

Oder diese unbändige Lust aus ihrem Kopf nehmen.

Mit geschlossenen Augen horchte sie in sich hinein.

Das eiskalte Wasser hätte ihr erhitztes Gemüt eigentlich abkühlen sollen, doch sie war ein Kind der Arktis und Kälte gewohnt!

Und die perlenden Wassertropfen auf der Haut ähnelten nur zu sehr jenem prickelnden Gefühl, das Tinas Fingerspitzen in der Nacht auf ihrem Leib hinterlassen hatten.

Selbst dann, wenn sie jetzt den Kopf in Tinas Kühltruhe stecken würde, waren diese Gedanken nie wieder daraus zu löschen.

Mit beiden Händen gegen die Fliesen gestützt, versuchte sie das Chaos in ihrem Körper zu bändigen, doch es gelang ihr einfach nicht!

Ihr Auftrag fiel ihr wieder ein, denn sie musste wissen, was mit Lisa geschehen war, doch in ihrer gegenwärtigen Verfassung grübelte sie gerade viel mehr darüber nach, was mit ihr selbst geschah!

Es musste enden, denn wenn irgendjemand von dieser Sache hier Wind bekam, dann würde sie für den Rest ihres Lebens in irgendeinem dunklen und mit Mäusen bevölkerten Kellerloch Hampelmänner zusammen bauen.

Bei Wasser und Brot und ohne die Aussicht darauf, in den nächsten tausend Jahren einem einzigen Keks nahezukommen und dennoch würde sie das auf sich nehmen, wenn sie nur noch eine Nacht mit Tina haben würde!

Das war doch verrückt!

Sie war ein logisch denkendes Wesen.

Viele Jahrhunderte lang hatte sie über gut oder böse zu entscheiden gehabt. Nur ihre eigene Objektivität hatte ihr diese Stelle bei Santa eingebracht und dann reichte ein Kuss, ein paar Streicheleinheiten, um all das für immer zu zerstören?

Das ging nicht!

„Willst du dann noch frühstücken? Oder brauchst du sonst noch etwas?", fragte Tina hinter ihr.

„Ja! Dich!", hätte ihr Unterbewusstsein fast geschrien und sie wäre am liebsten über die Frau hergefallen, doch sie musste stark bleiben!

Sie krallte die Fingernägel in den Arm und der Schmerz vertrieb dieses unbändige Verlangen für einen Moment.

„Nein, danke dir", erwiderte sie, öffnete die Augen und drehte sich um.

Tina stand nur zwei Schritte hinter ihr! Zum Greifen nah!

Das war die reinste Folter, aber auch der Schmerz half nicht dagegen an.

„Ich habe dir Wäsche und Unterwäsche hier hergelegt. Ein Stadtplan liegt da auch und ein Paar Schuhe von mir stehen im Flur! Sehen wir uns heute Abend noch?", erkundigte sich Tina jetzt.

Die Vernunft hätte es geboten, schnell das Weite zu suchen, doch das Kleinhirn antwortete instinktiv: „Natürlich! Wieder an derselben Haltestelle?"

„Du kannst auch hier vor dem Haus auf mich warten! Gegen 18 Uhr bin ich wieder da! Ziehe einfach die Tür hinter dir zu, wenn du dann gehst!"

„Mache ich, danke dir, bis heute Abend", antwortete sie und drehte das nutzlose Wasser ab.

„Hab noch einen schönen Tag!", erwiderte Tina und stand an der Tür.

Jetzt war der letzte Moment, um die andere Frau an der Hand zu packen und hier hereinzuzerren und offenbar wartete Tina auch genau darauf, doch sie ließ die Gelegenheit ungenutzt verstreichen.

Dann fiel die Tür ins Schloss, ihr Herz krampfte sich zusammen und ihre Knie wurden weich.

Heulend saß sie kurz darauf in der Duschkabine, denn das würde niemals gut gehen und dennoch konnte sie bereits nicht mehr anders!

Eine Nacht hatte alles verändert.

Sechs Jahrhunderte waren vergangen, sie war zwanzigmal so alt wie Tina, da musste ihr doch irgendetwas Brauchbares einfallen.

Nur was?

Mit heulen würde sie jedenfalls das Problem nicht lösen können.

Sie brauchte eine rationale Antwort und die war im Moment, dass sie sich um Lisa-Marie kümmern musste.

Sie wischte sich die Tränen ab, stemmte sich hoch und trat aus der Kabine.

Für einen Moment hoffte sie, dass Tina doch noch da war, doch die Ruhe täuschte leider nicht.

Traurig trocknete sie sich ab und hoffte auf den nächsten Abend.

War das verwerflich?

Tina hatte ihr Kleidung auf den Waschtisch gelegt, die sie selbst getragen hatte, auch Unterwäsche war dabei, wobei das Bustier ihr nicht wirklich passte und daher einfach liegen blieb.

Sogar ein paar Münzen für Kekse und Busfahrkarten hatte Tina ihr auf den Stadtplan gelegt.

Mit einem Ruck straffte sie sich, zog sich an, verließ die Wohnung und knallte die Tür hinter sich ins Schloss.

Die Aufgabe wartete!

Aber was brachte der Abend danach?

Abermals war dieses Sehnen in ihrer Brust.

13. Kapitel

(K)Ein Tag wie jeder andere

Der Morgen war bei weitem nicht so schön, wie es diese Nacht gewesen war. Grübelnd und eigentlich völlig missmutig stapfte Tina zu ihrer Arbeit.

Sie hätte auch den Bus nehmen können, aber die kalte Morgenluft war momentan genau das, was sie zum Durchlüften und Nachdenken brauchte.

Was war bloß in Svenja gefahren?

In der Nacht hatten sie sich leidenschaftlich, explosiv und bis zur völligen Ekstase geliebt und mit dem Morgen war die andere Frau so distanziert und kühl gewesen, fast schon abweisend aggressiv.

War es diese Situation, die Svenja überforderte? Möglicherweise, denn auch in ihr brodelte es noch immer.

Was war diese Nacht bloß geschehen?

In den letzten zehn Jahren hatte sie mit unzähligen Männern geschlafen und das war nicht wirklich etwas, für dass sie sich rühmen konnte, aber man musste eben viele Frösche küssen, um den einen Prinzen zu finden und in der heutigen Zeit reichte das Küssen eben nicht aus.

Alleine in diesem Jahr waren es schon ein Dutzend Kerle, die abends mit in ihre Wohnung gekommen waren und in diesen sieben Monaten hatte es nur einer geschafft, wirklich bis zum Frühstück bei ihr zu bleiben.

Und dabei hatte sich dann herausgestellt, dass er auch noch verheiratet war!

Dann eine Nacht mit Svenja!

Alle Lichter waren da bei ihr angegangen und es hatte ihr buchstäblich die Sicherung herausgehauen, die Füße fortgerissen.

Das Schlimme daran war, dass sie sich an fast nichts davon mehr erinnern konnte.

Von den lausigen Treffen mit den Männern hatte sie noch jedes Detail im Kopf, von dieser Explosion zusammen mit Svenja nichts.

Nach dem Kuss war Filmriss gewesen und erst dieser gigantische Höhepunkt des Verlangens hatte sie wieder in den Raum zurückgebracht.

Sie hatte nicht mal bemerkt, dass sie im Fallen den Wohnzimmertisch zur Seite gefegt hatte, doch der breite blaue Streifen auf ihrem Oberschenkel und dieser Schmerz, den sie gerade in sich spürte, waren der Beweis dafür, aber sie hatte nichts davon gespürt, als sie mit Svenja auf dem Teppich oder danach im Bett gelegen hatte.

Das war doch nicht normal!

Dieses lausige rein und raus von den Männern hatte sie nach Monaten noch immer im Kopf, das

Erlebnis von letzter Nacht war jedoch völlig aus ihrem Gehirn verschwunden.

Sie hatte wohl einfach nur instinktiv gehandelt und nicht mit der Vernunft und eventuell war das der Unterschied gewesen.

Wenn man zu viel nachdachte, dann versaute das immer die ganze Stimmung!

Zumindest hatte sie noch Svenjas Bild im Kopf! Jedes Detail dieses makellosen und einer Göttin gleichen Körpers hatte sich tief in ihre Erinnerung gebrannt.

Svenja war wirklich eine Fee und hatte nicht nur deren Ohren!

Selbst die Liebesgöttin Aphrodite, an deren Statue sie gerade vorbeiging, verblasste vor Svenjas Liebreiz!

Doch jetzt musste sie sich auf die Arbeit konzentrieren und versuchte Svenjas Bild aus dem Kopf zu bekommen.

Heute hatten sie Innendienst. Damit würden sie und Klaus die Menschen abkassieren, die sie eventuell gestern geschnappt hatten und daher wäre vielleicht auch Svenja heute hierhergekommen, um die 60 Euro Strafe zu bezahlen.

Dann hätten sie sich heute erst getroffen, aber schon wieder war nur diese Zauberin in ihrem Kopf.

Klaus stand rauchend vor der Tür des Hauses.

„Na? Wie war deine Nacht?", fragte er schmunzelnd.

„Ganz gut!", gab sie ihm gespielt gelassen zurück.

„Wie war der Film?"

„Ich habe den noch nicht gesehen. Du bekommst die Box aber diese Woche noch zurück", antwortete sie.

„Keine Ursache. Blondinen haben halt immer Vorrang", entgegnete er grienend.

Vor Klaus konnte sie wirklich kaum was verbergen, denn er kannte sie, wie wohl kein anderer Mensch. Das brachte der Job wohl so mit sich, wenn man, wie sie beide, sich immer auf den jeweils anderen verlassen musste.

„Wir haben nur gequatscht, Bilder angeschaut und Kekse gegessen!", erklärte sie.

Klaus zog ungläubig die Augenbrauen hoch.

„Du hast eine Abneigung gegen jede Form von Backwerk!", bemerkte er.

„Ich habe sie beim Quatschen einfach unbewusst in mich hineingeschoben", entgegnete sie.

„Also ich hätte bei dieser heißen Schnitte bestimmt etwas anderes reingeschoben!", antwortete Klaus.

„Du bist eine alte Sau!", erwiderte sie ihm, aber sie mussten beide darüber lachen.

„Siehst du sie wieder?", fragte er danach.

„Ich denke schon. Sie geht heute zur Polizei, meldet den Diebstahl und dann treffen wir uns heute Abend wieder. Dann schaue ich mir wirklich den Film an. Eventuell mit ihr zusammen!"

„Wenn sie den Film nicht mag, dann gib ihr meine Adresse. Ich habe heute Nacht noch nichts vor", erwiderte Klaus, drückte die Zigarette aus und hielt ihr danach die Tür auf.

Die Arbeit begann und sie hatte damit eigentlich keine Zeit mehr, um darüber nachzudenken, was wohl sein würde, wenn Svenja einfach so aus ihrem Leben verschwand.

Doch sie kannte nur den Vornamen und den Wohnort, der irgendwo in der kanadischen Provinz lag.

Sonst nichts! Oder doch?

Die Videoaufnahme aus dem Bus! Die gab es sicher noch, denn die wurde einen Tag lang gespeichert!

Sie setzte sich an den PC, rief das Suchsystem auf und fand sich selbst, wie sie den Wagen kontrollierte.

Es war immer etwas seltsam, wenn man sich selbst so aus dieser dritten Perspektive heraus zusah. Diese unnützen kleinen Bewegungen mit der Hand, die sie eigentlich immer verhindern wollte und was ihr dann doch nicht gelang. Daran musste sie definitiv noch arbeiten und dann hatte die Kamera Svenjas Gestalt eingefangen.

Tina stoppte das Video und zog das Bild ganz groß.

„Sie sieht aus wie Arwen, nur in blond!", seufzte Klaus, der hinter sie getreten war.

„Dass sie so bezaubernde Ohren hat, habe ich gestern gar nicht bemerkt", setzte er fort.

„Sie hat das in Kanada machen lassen und weißt du was, sie kennt den Film gar nicht!", erklärte sie und speicherte das Bild ab.

„Jeder kennt den Film!"

„Svenja nicht! Sie hat gesagt, dass sie das wegen der Märchen mit den Feen gemacht hat!", erzählte sie weiter.

„Ich glaube, ich habe mich gerade unsterblich in eine Elbin verliebt!", stöhnte Klaus auf.

„Hat das denn in deinem Film funktioniert?"

„Irgendwie schon, obwohl sie ihre Unsterblichkeit dafür opfern musste. Ich bin zwar kein König, aber man wird doch wenigstens mal träumen können!", setzte Klaus hinzu.

Die Arbeit begann, die ersten Leute kamen, um ihre Strafen zu begleichen.

Es wurde ein Tag wie jeder andere zuvor, oder eben auch nicht, denn noch immer war diese Erinnerung an die letzte Nacht in ihrem Kopf.

Wobei es wohl eher das Denken an das Fehlen dieser Erinnerung war.

Svenja hatte sie wirklich verzaubert!

Und jetzt blieb nur zu hoffen, dass sie am Abend dort vor ihrer Wohnungstür stand.

14. Kapitel

Mäuseballett oder Schwanensee?

Svenja lehnte mit dem Rücken an der Wand neben Tinas Haustür, blinzelte in die Sonne und ließ dabei den vergangenen Tag vor ihren inneren Augen vorbeiziehen.

Hier war so vieles anders, neu und ungewohnt und das hatte sie zum Glück von dieser unsäglichen Nacht abgelenkt.

Eigentlich war sie wundervoll, atemberaubend, unbeschreiblich schön und herrlich gewesen, aber niemand auf der Welt durfte jemals auch nur einen klitzekleinen Hinweis darauf erfahren, wie großartig es sich wirklich angefühlt hatte, denn es wäre ihr Ende!

Tausend Jahre ohne Kekse und mit grauen Mäusen, die um sie herum liefen, würde sie nie aushalten! Und das wäre wohl das mindeste, was sie als Strafe für den Frevel dieses wunderbaren Gefühls zu erwarten hätte.

Direkt vor ihr hüpfte ein kleiner grauer Vogel umher und suchte offenbar nach Brotkrümeln.

Sie hatte noch einen letzten Keks in der Hosentasche und den teilte sie sich jetzt mit dem Piepmatz.

Dafür bekam sie danach ein schönes Lied und das war auch etwas, was es bei ihr zuhause nicht gab. Da flog kein Vogel umher. Nicht einer, der sie bisher mit seinem Lied erfreut hatte und hier gab es Tausende davon.

Bereits beim Verlassen der Wohnung am Morgen hatten diese gefiederten Sänger sie begrüßt und mit ihrem Singsang auch den ganzen Tag begleitet, denn obwohl das hier eine ziemlich große Stadt war, gab es überall kleine Parks, viele Bäume standen an den Straßen und in jedem davon saß mindestens ein Vogel.

Die Wärme allerdings war nichts, was ihr so richtig gut gefiel. Sie schwitzte wie ein Elch überm Feuer, denn sie war die Temperaturen im Norden gewohnt und da lag eben auch mitten im Sommer noch Schnee und Eis auf allen Wegen.

Hier gab es zwar auch Eis, aber nur an vielen Straßenecken, zum Mitnehmen und Genießen.

Sie war den ganzen Weg bis zu Lisas Ballettstudio im Schatten gegangen und auch mit dem Bus gefahren. Das Studio lag fast am anderen Ende der Stadt, aber mit Tinas Schuhen an den Füßen war die Wärme der aufgeheizten Straße nicht mehr so schlimm, wie am Tage zuvor mit nackten Fußsohlen.

Und mit Tinas Schuhen und Wäsche hatte sie die Freundin praktisch den ganzen Tag über auf der nackten Haut mit sich herumgetragen.

Damit allerdings auch die Erinnerung an diese Nacht, wobei sie eigentlich vorgehabt hatte, sie aus dem Kopf zu bekommen, aber das ging nicht!

Dieses Andenken an dieses schöne Gefühl würde da nie wieder aus ihrem Kopf gehen und auch nicht aus ihrem Herzen!

Und jetzt, in der Ruhe des beginnenden Abends, mit dem Rücken an der Hauswand und den Händen in den Hosentaschen, kam daher wohl die Zeit, sich darüber Gedanken zu machen, wie es weitergehen sollte.

Die nach dem hohen Rat der Elfen wahrscheinlich beste Lösung wäre es vermutlich gewesen, einfach ohne ein weiteres Treffen zu verschwinden, doch das konnte sie nicht mehr.

Nicht nur wegen Lisa, sondern auch, weil ihr eigenes Herz eventuell zerbrechen würde, wenn sie jetzt einfach so ohne Abschied von Tina fortging.

Seufzend riss sie sich von den Gedanken an Tina los und dachte wieder an ihre Aufgabe.

Jedenfalls hatte sie in der Nähe von Lisas Studio auf das Mädchen gewartet und dort in einem Schaukasten auch Bilder von ihr gesehen.

Lisa-Marie war wirklich außergewöhnlich talentiert. Im letzten Jahr hatte sie vor dem Weihnachtsfest in Schwanensee getanzt, und zwar die Hauptrolle! Als Odette, der verzauberten Schwanenjungfrau und guter Fee, allerdings ohne die eigentlich obligatorischen Ohren.

Oder gab es die nur im Elfenballett?

Sie hatte sich danach neben dem Kasten in einen kleinen Park auf eine Bank gesetzt, von der aus sie den Eingang des Hauses im Blick haben konnte.

Allerdings lag direkt daneben ein kleiner Spielplatz mit vielen Kindern darauf. Es waren ja noch Schulferien und damit musste sie ganz besonders vorsichtig sein, dass nicht alle plötzlich um sie herum standen und auf ihren Schoß wollten, um ihr den Wunschzettel an den Weihnachtsmann zu übergeben.

Kleine Kinder konnte sie noch in der Form wahrnehmen, die einem Erwachsenen nicht mehr möglich war.

Mit dem Alter verschwand dieser Glauben an Fee, Elfen und den Weihnachtsmann, aber diese Kinder waren noch jung genug.

Zwei Wunschzettel hatte sie trotz aller Vorsicht dennoch überreicht, oder besser gesagt: aufgenötigt, bekommen. Ein Fünfjähriger und seine gleich alte Freundin hatten sie in einem unpassenden Moment einfach überwältigt.

Die beiden Zettel hatte sie in der Hosentasche, aber die mussten ja irgendwie zu Ronja auf den Schreibtisch kommen.

Bei Tina gab es sicherlich Briefmarken und einen Umschlag für die Post an Santa Claus und die würde sie dann am nächsten Tag absenden. Und damit hatte sie auch die Möglichkeit, das Rentiertaxi zum Rückflug zu bestellen.

Ein einfacher Zettel mit der Aufschrift: „Holt mich bitte hier ab: 51° 20' 20" Nord und 12° 22'

23" Ost, Gruß Svenja", würde genügen, aber noch war es nicht so weit.

Die Koordinaten stammten von der Karte vor Lisas Studio.

Schließlich waren dann ganz viele Kinder auf den Platz vor das Studio gekommen und eine davon war Lisa. Brav und an der Hand ihres Vaters war sie den Weg entlang gegangen und nichts deutete darauf hin, dass dort gerade das unartigste Kind der ganzen Stadt lief.

Vorsichtig hatte sie sich an die Gruppe der Kinder herangepirscht, um die Gespräche zu belauschen, und dabei erfahren, dass die gesamte Balletttruppe für zwei Wochen in ein Ausbildungslager fuhr. Und das, wo doch eigentlich am nächsten Montag das neue Schuljahr begann.

Kein Lehrer auf der Welt würde doch ein unartiges und böses Kind freiwillig von der Schulpflicht entbinden. Hier tat die Lehrerin das, denn die grauhaarige Frau war persönlich erschienen, um die Kinder zu verabschieden und in den Bus zu geleiten, der sie danach irgendwohin brachte.

Ihre Menschenkenntnis war ausgezeichnet, zumindest nach den Büchern und Informationen, aber da stimmte doch definitiv etwas nicht.

Allerdings musste sie damit also noch 14 Tage warten, bis sie dieses Rätsel ergründen konnte.

Irgendjemand hatte ihr eine Frist von zwei Wochen gegeben, in denen sie hier mit Tina bleiben durfte.

Oder musste?

War es eine Prüfung ihrer Standhaftigkeit?

Möglicherweise, denn wie hieß das so schön in dem alten Lied: Er sieht es, wenn du wach bist, er sieht es, wenn du schläfst.

Und damit sah Santa natürlich auch, mit wem sie schlief!

Vielleicht sollte sie in der nächsten Zeit wirklich beweisen, dass sie ein vernunftbegabtes Wesen und eine Ehre für alle Elfen war.

Die letzte Nacht war zwar wundervoll gewesen, aber eventuell verzeihbar.

Einmal ist keinmal, oder so!

Und wenn dem so war, dann war es auch zwingend erforderlich, dass sie hier blieb, um dem hohen Rat der Elfen doch noch zu beweisen, dass sie nicht in irgendeinem staubigen Keller Mäuse dressieren musste, sondern dass man sich felsenfest auf sie verlassen konnte.

Sie musste Stärke zeigen, aber gerade kam Tina die Straße herunter und ihre Beine wurden alleine von diesem Anblick schwach.

Zum Glück stützte sie die Wand in ihrem Rücken!

15. Kapitel

Nur ein kleiner Buchstabe

Übermals hatte Tina die Einladung ihres Kollegen zum Feierabendbier ausgeschlagen, war nach Hause geeilt und hatte gehofft, dass Svenja nicht einfach nur so aus ihrem Leben verschwunden war. Unauffindbar, allerdings nicht spurlos aus ihrem Herzen, doch dann hatte sie die Frau vor der Tür gesehen.

Fast wie verloren hatte sie dort gestanden, mit dem Rücken an der Wand, die Hände tief in den Hosentaschen vergraben und mit einem Blick, der Stahl durchschlagen konnte. Zumindest den ihrer Rüstung, die sie den ganzen Tag mühevoll um sich herum gezogen hatte.

Sie hatte beschlossen, Svenja einfach die Zeit zu geben, die sie offensichtlich dafür brauchte, sich an diese neue Situation zu gewöhnen.

Und sie selbst musste stark bleiben, um nicht selbst hoffnungslos dieser bezaubernden Göttin zu verfallen.

Damit fiel ein Kuss zur Begrüßung schon mal aus, obwohl diese wundervoll geschwungen und halbgeöffneten Lippen förmlich danach schrien, dass sie ihre Zunge da hindurchschob!

Und bei diesem Gefühl fragte sie sich: Was war das da, was soeben in ihrem Inneren tobte?

Sie war jetzt dreißig Jahre alt und die Hälfte ihres bisherigen Lebens hatte sie mit Männern geschlafen und nie an etwas anders gedacht, als das genau in der Form zu tun.

Eine einzige zauberhafte Nacht mit Svenja hatte ihr gesamtes Weltbild in dieser Frage ins Wanken gebracht.

„Hallo Svenja, hattest du einen schönen Tag?", fragte sie und gab ihr die Hand.

„Ja, danke Tina. Und du?"

Sie nickte nur, schloss die Tür auf und ließ Svenja in das Halbdunkel des Treppenhauses.

Im Durchgang streifte Svenja sie mit dem Arm und ein Stromschlag durchzuckte sie dabei.

Das Unterbewusstsein wollte jetzt über Svenja herfallen, aber sie musste dem widerstehen, doch das würde schwieriger werden, als sie gedacht hatte.

„Ich habe Kekse für dich eingekauft und für mich was Richtiges. Wollen wir uns heute Abend den Film ansehen?", fragte sie.

„Ja, wenn du magst", entgegnete Svenja leise.

Gemeinsam stiegen sie die Treppe hinauf.

Svenja lief zwei Stufen vor ihr und Tinas Blick war auf die Bewegung ihres Rückens gerichtet. Sie lief graziös vor ihr her, tänzelte fast dabei. Einfach göttlich.

„Warst du denn schon bei der Polizei?", erkundigte sie sich.

Svenja warf einen Blick über die Schulter zu ihr zurück, der fast ihr Herz stehenbleiben ließ, dann sagte sie: „Das mache ich morgen!"

„Du bleibst also noch eine Weile?", fragte sie fast erleichtert zurück.

„Ich habe noch ein paar Tage Urlaub. Ich wollte ja noch zwei Wochen hier bleiben und ich wüsste jetzt nicht, warum ich das vorzeitig abbrechen sollte, wenn du mich so lange noch bei dir wohnen lässt", antwortete Svenja und trat neben der Wohnungstür zur Seite, um sie vorzulassen.

„Oh Himmel, noch mindestens vierzehn Tage!", jubelte ihr Herz gerade, aber das Gehirn hob warnend den Finger.

„Ja, warum nicht", erwiderte sie gespielt gelassen und schloss auf.

Da sie ja sowieso bei dem Film essen wollten, war der nächste Weg in die Stube und auf die Couch.

Vier Packungen Kekse würden Svenja sicherlich genügen, sie selbst hatte sich etwas Nahrhafteres und mit weniger Fett geholt, dann schob sie den Film in das Gerät schaltete ein und setzte sich neben Svenja, aber mit einem kleinen Abstand zu ihr, um sie nicht zu berühren und dabei eventuell abermals den Verstand zu verlieren.

Es war schwierig, aber es half, sich auf den Film zu konzentrieren und dabei auszublenden, dass die pure Versuchung nur einen halben Meter neben ihr saß.

„Das da soll ich sein?", bemerkte Svenja auf einmal mitten im Film.

„Was meinst du?", fragte sie zurück.

„Na, das da", sagte sie und zeigte zum Bildschirm.

„Du siehst doch aber aus, wie sie. Oder? Nur in blond!"

Svenja strich das Haar demonstrativ hinter ihr Ohr.

„Meinst du wirklich? Arwen ist aber eine Elbenfrau, keine Elfenfrau!", erklärte Svenja.

„Das ist doch aber nur ein einziger kleiner Buchstabe als Unterschied", setzte sie ihr entgegen.

„Ich habe noch nie ein Pferd aus der Nähe gesehen und mit so einem Schwert würde ich mich nur selbst verletzen!", erklärte sie und blickte sie dabei an, mit diesen wundervoll blauen Augen, in deren Tiefe man versinken konnte!

„Ich denke mal, diese Schauspielerin hat das da sicherlich sehr lange geübt. Vorher konnte sie das auch nicht. Und ein Pferd könnte ich dir fürs Wochenende besorgen", antwortete sie.

„Bloß nicht! Mir wird schon beim Zusehen schlecht", erwiderte Svenja und hob abwehrend die Hand.

„Na dann, weiter im Film!", riss sie sich jetzt von diesem zauberhaften Gesicht los und vertiefte sich wieder in die Handlung.

Stunden später lief der Abspann, sie blickte zu Svenja hinüber, die sich mit vor der Brust verschränkten Arme zurückgelehnt hatte und den Kopf schüttelte.

„Das ist doch aber völlig an den Haaren herbeigezogen", seufzte die Frau.

Beinahe hätte sie jetzt Svenjas Kopf an den Haaren zu sich gezogen, doch sie musste stark bleiben.

„Das ist doch nur ein Film! Kennst du keine Filme?"

„Ja, natürlich, Weihnachtsfilme", erwiderte Svenja und nahm sich einen Keks.

„Und die sind realistischer?", fragte sie zurück.

„Romantischer auf alle Fälle", entgegnete Svenja.

„Na gut, meinetwegen, aber im Juli schaut man sich einfach keine Weihnachtsfilme an!"

„Warum nicht, ich mag die das ganze Jahr", erwiderte Svenja und griff sich den nächsten Keks.

„Anderes Thema, letzte Nacht", begann sie, obwohl sie eigentlich schon beschlossen hatte, diese Sache auf sich beruhen zu lassen, doch es brannte ihr eben auf der Seele.

Svenja hob erneut abwehrend die Hand.

„Das war ein Ausrutscher. Ich weiß nicht, was da in mich gefahren ist und bitte dich um Entschuldigung!", begann Svenja.

„Da gibt es nichts zu entschuldigen. Es hat uns doch aber beiden gefallen. Oder?"

„Ja, schon, aber es darf nicht sein!", stöhnte Svenja.

Es war ihr deutlich anzusehen, dass sie selbst mit ihren Emotionen überfordert war, aber sie hatten ja noch zwei Wochen Zeit, um eventuell noch einmal darüber zu reden.

„Gehst du dich duschen, ich räume hier auf?", fragte sie.

Svenja nickte, erhob sich und ging ins Bad hinüber.

Sehnsüchtig blickte sie ihr nach.

Vielleicht sollte sie diese sich ihr mit Svenja bietende Gelegenheit auch dafür nutzen, um sich darüber klar zu werden, was sie in ihrem Leben wollte.

Leben und Lieben unterschied sich auch nur in einem einzigen kleinen Buchstaben.

Und momentan stand die Liebe ihres Lebens hüllenlos in der Dusche!

Das würde in den kommenden Tagen sicherlich schwer werden, da den Verstand zu behalten, doch sie musste sich und Svenja einfach die nötige Zeit geben.

Zu viel Eile konnte da alles zerstören!

16. Kapitel

Ohne Schweiß kein Preis ...

Samstag war es geworden und in den letzten Nächten hatte sie Tina in Ruhe gelassen, obwohl ihr das so unglaublich schwerfiel, aber Svenja fühlte die permanente Überwachung auf sich und mit dieser Gewissheit durfte sie einfach nicht schwach werden.

Alleine die Nähe der Frau bohrte sich immerzu wie ein Stachel in ihr Herz, weil sie ihr einfach nicht sagen konnte, nicht durfte, was sie wirklich für Tina in sich an Gefühlen verschloss.

An den letzten Tagen war sie einfach ruhelos umher gestreift, damit sie nachts besser schlafen konnte, doch an Schlaf war nicht zu denken, wenn die Versuchung nackt im Nebenzimmer im Bett lag.

Und auch noch alle Türen offen standen!

Jederzeit hätte sie hinübergehen können, doch sie durfte einfach nicht.

Es war die reinste Qual!

Und da Tina an diesem Tag nicht auf die Arbeit musste, hatten sie beschlossen, zusammen etwas zu unternehmen.

Allerdings war Tina dabei nicht irgendetwas Romantisches eingefallen, sondern Fitness in ihrem Studio.

„Die Kekse müssen wieder von meinen Hüften", hatte sie lachend nach dem Aufstehen erklärt.

Gemeinsam fuhren sie also mit dem Bus, bis zu einem Platz in der Stadtmitte, wo Tina immer trainierte, zumindest dann, wenn sie nicht zusammen sein konnten und da sie die vergangenen Tage jede freie Minute zusammen gewesen waren, war es jetzt wohl Tinas Entschluss, auch zusammen zu trainieren.

Was auch immer das war, aber es klang schon mal anstrengend!

Sie betraten ein ziemlich hohes Haus, Tina drückte einen Knopf und vor ihnen öffnete sich kurz darauf die Tür.

„Der Lift!", erklärte Tina.

Sie schrie entsetzt auf, als die Kiste mit ihnen darin nach oben gezogen wurde, doch Tina lächelte nur mild und nahm ihr damit etwas die Angst.

Menschendinge waren manchmal schon etwas sonderbar! Autos, Busse und Telefon, gut und schön, aber verschlossene Kisten, die mit einem darin nach oben geschleudert wurden?

Wenig später öffnete sich die Tür vor ihnen wieder und sie standen in einem großen Raum, in dem schon einige Menschen verschiedene seltsame Bewegungen machten.

Manche zogen Gewichte an Seilen, um sie danach wieder fallen zu lassen, andere fuhren

Rad, ohne sich dabei fortzubewegen, oder rannten auf der Stelle, sonderbare Menschendinge eben.

„Was möchtest du tun?", fragte Tina sie.

„Mit dir irgendwo alleine sein", hätte jetzt ihr Herz gesagt, aber sie selbst wusste es nicht und hob nur unschlüssig die Schultern.

„Wir schauen uns erst mal um, vielleicht gefällt dir hier ja etwas", sagte Tina und zeigte zur Seite, wo ein verschlossener Raum zu sehen war.

In dem Raum zogen sie sich um.

Tina hatte für sie ein paar ihrer alten Sportsachen mitgebracht, aber die passten nicht mal ansatzweise und die Bemerkung ‚Presswurst' klang aus Tinas Mund bei diesem Anblick im Spiegel auch nicht wirklich positiv.

Dann begann an Tinas Hand ein Rundgang durch die Räume, die Freundin erklärte ihr dabei, was man da tun könnte und schließlich standen sie wieder am Anfang.

„Und? Gefällt dir etwas?"

„Ja, der Ausblick ist sehr schön", gab sie zweifelnd zurück und blickte noch einmal über die schwitzenden Menschen in dem Raum.

Es waren etwas mehr Frauen wie Männer anwesend und da sie noch unentschlossen war, zog Tina sie einfach zu zwei solchen komischen Bändern, wo die Frauen rannten, ohne sich wirklich vom Fleck zu bewegen.

Tina lief schon neben ihr, da hatte sie noch nicht mal den Zweck dieser Schinderei verstanden.

Seufzend ging sie schließlich langsam los.

„Du sollst rennen!", äußerte Tina schnaufend von nebenan, während sie rannte.

„Wer langsam geht, der kommt auch ans Ziel!", setzte sie der Freundin entgegen, denn sie würde ja sowieso an der Stelle bleiben, egal wie schnell sie auch immer laufen würde.

Tina winkte einfach ab und machte ungestört weiter.

Da sie langsam ging, hatte sie auch Zeit, über all die Frauen hier hinwegzuschauen. Schwitzend und zum Teil mit hochrotem Kopf quälten sie sich ab.

Und das alles für ein paar Kekse, die Tina vor einigen Tagen gegessen hatte. Wenn sie das Ronja später mal erzählen würde, dann würde die Freundin sicherlich nur ungläubig den Kopf schütteln.

Ein zurechnungsfähiger Mensch würde so etwas nie tun. Oder vielleicht doch, aber sie war eben eine scharfsinnige Elfe!

Zumindest dann, wenn sie nicht in Tinas wundervolle Augen sah!

Die Zeiger der Uhr direkt vor ihr gingen mit ihr im Schritt, aber sie hatte einen wundervollen Ausblick auf die Stadt.

Ein riesiges Fenster vom Boden bis zur Decke und sicherlich dreißig Metern Breite befand sich unmittelbar vor ihr und da dies die oberste Etage war, hoch oben, konnte man hier aus auch sehr weit sehen.

Und ein laues Lüftchen wehte auch noch durch die Räume. So konnte man es aushalten, fehlten eigentlich nur noch ein paar Kekse, aber die waren noch in der Tasche.

Svenja entschuldigte sich kurz bei Tina, lief in den Raum und kam wenig später mit der Packung zurück.

Die Frauen rundum sahen sie so komisch an, als sie mit der großen Kekspackung ihren Spaziergang auf dem seltsamen Band fortsetzte.

„Geht es dir gut?", fragte Tina sie von der Seite.

„Ja, jetzt ist alles bestens. Läufst du noch weit?", entgegnete sie und schob sich den nächsten Schokoladenkeks in den Mund.

Tina schüttelte den Kopf, lief aber einfach mit demselben Tempo weiter.

Menschen! Verstehe die, wer will!

Irgendwann nach ewigen Zeiten, ging Tina dann endlich langsamer und das war auch ganz gut so, denn die Packung wurde allmählich leer.

„Warst du schon mal in einer Sauna?", erkundigte sich Tina schnaufend bei ihr.

„Ich komme aus Kanada, da gehen wir jeden Tag in die Schwitzhütte. Gibt es hier etwa eine?", erkundigte sie sich.

Tina nickte und zeigte zur Seite, wo sich wieder eine verschlossene Tür befand.

Wenig später betraten sie den Raum, ziemlich viele Frauen saßen hier drin und alle waren dabei nackt!

Sie war die einzige, die sich in das Handtuch gewickelt hatte, das sie danach allerdings zur Seite legte, um nicht noch mehr aufzufallen.

Auch hier war die Aussicht herrlich, aber die Kekse waren leider draußen geblieben.

„Erinnerst du mich beim nächsten Mal bitte daran, dass ich keine Kekse mit Schokolade hierher mitnehmen!", sagte sie zu Tina, als sie sich neben die anderen Frauen auf den Lattenrost setzte.

Jetzt konnte der Schweiß laufen und sie ruhte, mit Tinas Körper direkt vor sich.

Die Versuchung war wieder so groß, aber zum Glück waren noch andere hier drin, sonst hätte sie jetzt für nichts mehr garantieren können.

17. Kapitel

Wo ein Wille ist ...

$\mathcal{N}$achdem sie am Tage zuvor das Fitness-studio vorgeschlagen hatte, hatte sie an diesem Tag Svenja die Wahl des Ortes überlassen, an dem sie den Sonntag verbringen wollten.

Svenja hatte angeboten, schwimmen zu gehen, wobei sie ihr in einem Nebensatz auch noch irgendwie zu verstehen gegeben hatte, dass sie das eigentlich nicht konnte.

Das war wohl auch nur zu verständlich, denn Svenja lebte ja ziemlich weit oben und da gab es höchstens ein paar Wochen im Jahr kein Eis auf den Seen.

Doch Svenja war alt genug, um zu wissen, was sie tat. Eventuell würde es auch nur bei einem Picknick bleiben, denn im Korb waren Kekse und Brote, etwas Wein und in einer Kühlbox auch noch Käse, Trauben und allerlei sonstige Leckereien.

Und für ein eventuell romantisches Picknick kam natürlich nicht einer der offiziellen Badestrände infrage, denn da würden sich am letzten Ferienwochenende nur die Kinder tummeln, sondern ein kleiner Waldsee.

Dementsprechend dauerte die Fahrt auch sehr lang und sie blickte dabei immer wieder zu Svenja hinüber.

War es eigentlich klug von ihnen beiden, die ungestörte Idylle eines Waldsees zu suchen, ohne vorher geklärt zu haben, was da zwischen ihnen laufen konnte?

Oder war genau das Svenjas Plan hinter dieser Einladung?

Sie hoffte es so sehr!

Es war schon einige Jahre her, dass sie selbst zum letzten Mal an dem See gewesen war, den sie jetzt Svenja vorgeschlagen hatte.

In der Anzeige des Busses stand jedenfalls, dass die Wasserqualität an dem besagten Teich hervorragend war.

Der Bus hielt, sie stiegen aus und machten sich, Hand in Hand, auf den Weg durch das Gebüsch zu dem kleinen Gewässer hinüber.

Schließlich öffnete sich der Blick und es war niemand hier.

Stille lag über dem Wasser, wenn man mal von ein paar Fröschen und Vögeln absah.

„Das ist ja wirklich wunderschön hier!", flüsterte Svenja bei dem Anblick.

Das konnte sie nur bestätigen, aber Svenja war noch tausendmal schöner! Gerade umschmeichelte das Sonnenlicht sie in der Art, dass es wie ein Heiligenschein aussah!

Und der Ausblick wurde nur noch besser, als Svenja das ohnehin schon ziemlich kurz Sommerkleid vom Körper streifte und einfach nackt in die Fluten lief.

Für jemanden, der nicht schwimmen konnte, war sie ziemlich mutig, denn der Teich war in der Mitte mehrere Meter tief.

Unverzüglich sprang sie der Freundin hinterher, aber sie hatte echt Mühe, hinter Svenja herzukommen und dabei war sie doch kräftig, durchtrainiert und im Schwimmen geübt.

Entweder hatte die Freundin geflunkert oder war ein Naturtalent, doch Svenja konnte ganz manierlich über Wasser bleiben.

Eventuell gab es in Kanada aber auch Schwimmbäder, nur eben nicht in Svenjas Dorf, denn auf den Bildern sah das ziemlich verschlafen aus.

Tina schwamm schneller und brauchte trotzdem eine ganz schöne Weile bis sie dann endlich neben Svenja ankam, und da befanden sie sich bereits in der Mitte des Teiches.

Das Wasser jedenfalls war angenehm kühl und erfrischte sie.

Gemächlich glitten sie jetzt mit einem kleinen Abstand nebeneinander dahin, wendeten schließlich und schwammen zurück.

„Das gefällt mir viel besser, als das auf der Stelle laufen von gestern!", erklärte Svenja.

Sie nickte ihr zu und wenig später stiegen sie wieder an Land, Svenja zuerst und sie sah ihr dabei zu.

Aphrodite, die Schaumgeborene, entstieg den Fluten, grazil und kraftvoll zugleich, Svenja warf das nasse Haar mit einer Handbewegung nach hinten, blickte dann über die Schulter zu ihr zurück und diese feengleichen Gesichtszüge entflammten ihr Herz!

Svenja hätte damit den Teich zum Brodeln bringen können, aber war ihr wirklich bewusst, was sie hier tat?

Dieser Blick jedenfalls traf sie tief in ihrem Leib und nur mit größter Anstrengung konnte sie noch an sich halten!

Sie stürzte ihr dennoch regelrecht hinterher und schließlich lagen sie beide zum Trocknen auf der Wiese in der Sonne.

Svenja stützte sich halb nach hinten auf die Ellenbogen, schaute zur Sonne und ließ ihre langen Haare hinter sich bis zum Boden hängen.

Das war wohl auch die einzige brauchbare Position, in der ihr das gelingen konnte, aber das sah dermaßen himmlisch aus, dass ihr innerstes nur noch mehr entflammt wurde, wenn das überhaupt noch möglich war.

„Oh Mann", seufzte Tina bei diesem Anblick und musste sich nur noch mehr beherrschen, um jetzt nicht über die Freundin herzufallen, aber vielleicht wollte Svenjas sie damit nur provozieren, dass sie den ersten Schritt unternahm.

Möglicherweise zielte Svenjas Verhalten genau darauf ab.

Doch was war, wenn dem nicht so war?

Sollte sie einfach alles auf eine Karte setzen?

So ging es jedenfalls nicht mehr weiter!

„Meine Oma hat früher immer gesagt: wo ein Wille ist, da ist auch ein Gebüsch!", sagte sie leise vor sich hin.

„Ein Gebüsch? Wozu?", fragte Svenja und wandte ihr dieses bezaubernde Gesicht zu.

In diesen blauen Augen konnte man ertrinken!

„Um darin zu verschwinden!", seufzte sie auf.

„Du willst verschwinden? Warum das denn?", erwiderte Svenja und warf ihr noch solch einen Blick zu.

„Dafür!", stieß sie aus, beugte sich blitzschnell nach vorn und raubte sich einen Kuss von Svenja.

Und die andere Frau erwiderte ihn, doch Tina löste sich daraus, solange sie es noch konnte.

„Zum Küssen muss man aber nicht ins Gebüsch. Ich habe hier in der Stadt Menschen gesehen, die das auf offener Straße machen!", witzelte Svenja und strich sich mit einer Hand durchs Haar.

„Mit küssen geht es aber los", entgegnete sie.

112

War Svenja wirklich so naiv, oder wollte die Frau sie nur so reizen, dass sie abermals die Kontrolle verlor?

„So, wie bei uns vor ein paar Tagen, meinst du? Ja, das hat mir ganz gut gefallen, auch wenn ich davon nicht mehr viele Erinnerungen habe!", erklärte Svenja jetzt.

„Aber wenn es dir so gut gefallen hat, warum warst du dann in den letzten Tagen so kühl und abweisend zu mir?"

„Weil sich das nicht gehört!"

„Wer sagt das denn?", fragte Tina nach.

Svenja winkte einfach nur ab.

„Wer sollte es uns verwehren, wenn uns keiner dabei sieht?"

„Darum das Gebüsch?"

„Ja!", seufzte sie.

Svenja war wirklich schwer von Begriff, oder wirklich noch völlig unerfahren.

„Leider ist hier keines", stöhnte Svenja, setzte sich aufrecht hin, schüttelte ihre Locken auf und blickte sich um.

Noch ein Wort oder Blick und sie würde erneut den Verstand verlieren, aber dieses Mal wollte sie es mit allen Sinnen genießen, damit sie in ein paar Wochen, wenn die Freundin wieder in Kanada lebte, mehr von ihr hatte, als die paar Fotos auf dem Handy.

Svenja sah erneut zu ihr, dieser fragende Blick traf ihr tiefstes innerstes und Tina ging zum Angriff über.

Schnell hatte sie die Freundin zu Boden gedrückt und unter sich gebracht.

Zwar hatte sie vom Sex zwischen Frauen keine Ahnung, aber so schwer konnte das nicht wirklich sein!

Während sie Svenja küsste, gingen ihre Hände auf deren wundervollem Körper auf Wanderschaft.

Svenja bebte regelrecht unter ihr, aber sie wehrte sich nicht, sie fasste ihr nur in die Haare und hielt sie in diesem stürmisch werdenden Kuss über sich fest.

18. Kapitel

Zwei Frauen?

Schnaufend blickte sie zu Tina auf, die sich über sie gestützt hatte, seufzte: „Das hätten wir nicht tun sollen", und war dabei dennoch überglücklich, dass es geschehen war.

Und dieses Mal hatte sie es auch mit allen Sinnen genossen.

Beim letzten Mal hätte sie sich noch damit herausreden können, nicht bei Verstand gewesen zu sein, doch das ging jetzt nicht mehr.

Und damit zog dieser Spruch, von wegen einmal ist keinmal, da aber auch nicht mehr.

Es war einfach wundervoll gewesen und doch grundfalsch! Sie hätte jederzeit etwas tun, sagen oder andeuten können, damit Tina es beendete, doch diese unbändige Neugier hatte sie am Anfang umgeben und danach hatte die Lust sie einfach davongerissen.

Und es war himmlisch, göttlich und zauberhaft zugleich gewesen.

Noch immer brodelte dieser Hurrikan aus Gefühl durch ihren zuckenden Leib und das einzige, was sie bereute war, dass sie Ronja nie etwas darüber erzählen durfte, wie schön das war.

Tina ließ sich neben sie auf die Wiese fallen und in dem Maße, wie die Glücksgefühle langsam vergingen, kam die Reue über sie.

„Wir hätten das nicht tun sollen!", jammerte sie schließlich.

„Warum?", fragte Tina nach, drehte sich zu ihr auf die Seite und stützte ihren Kopf in die Hand.

„Weil es verboten ist!"

„Wieso das denn? Weil wir zwei Frauen sind? Wer sollte dich dafür bestrafen, dass du Lust empfindest? Oder hat es dir etwa nicht gefallen? Habe ich etwas gemacht, was du nicht wolltest?"

„Nein, alles war wunderschön, aber er sieht alles und wird mich dafür zur Rechenschaft ziehen!", erwiderte Svenja.

„Wer? Lebst du in so einer Sekte, in der Liebe zwischen Frauen verboten ist?", fragte Tina nach.

„So etwas in der Art", seufzte Svenja.

Die Wahrheit würde vermutlich jeden erwachsenen Menschen überfordern. Santa Claus, Weihnachtselfen und Rentierschlitten, das wäre schwierig zu erklären.

„Du bist hier und er kann dich nicht sehen!", antwortete Tina, beugte sich vor und gab ihr einen Kuss.

Der Pragmatismus bemächtigte sich ihrer durch die Berührung dieser köstlichen Lippen und wenn es ja sowieso schon geschehen war,

116

warum sollte sie es dann nicht bis zur Neige aus-
kosten?

Die Strafe käme dann später sowieso dafür!

„Da hast du auch wieder recht", entgegnete
sie, hielt Tinas Kopf fest und erwiderte den Kuss.

Und selbstverständlich wehrte sich Tina nicht,
als sie die Frau unter sich brachte und jetzt mit ihr
all das anstellte, was diese zuvor bei ihr gemacht
hatte.

Auch das war der Wahnsinn und als sich Tina
schreiend vor Lust unter ihr aufbäumte, hätte sicherlich auch kein noch so großes Gebüsch geholfen, das soeben erlebte vor der Welt zu verbergen.

Schließlich saßen sie einfach auf der Wiese
und fütterten sich gegenseitig mit den mitge-
brachten Leckereien.

So voreinander sitzend hatte sie jetzt Tinas
Körper direkt vor sich. Ihr Leib war wundervoll
und Tina hatte in den Armen und Beinen deutlich
mehr Muskeln, als sie.

„Weißt du, ich hatte noch nie was mit einer
Frau, aber das mit dir war einfach unbeschreiblich schön! So etwas habe ich wirklich noch nie
erlebt", sagte Tina.

„Was soll ich da erst sagen? Ich hatte noch
nie was mit einem Menschen, aber du hast recht,
es war wundervoll!", antwortete sie, dachte über
das gerade Gesagte nach und stutzte.

Hatte sie Tina soeben verraten, dass sie kein Mensch war?

„Mit einem anderen, meinte ich!", setzte sie schnell hinzu.

„Bei den Männern war das bisher immer ganz anders. Die geben einer Frau selten die Chance, um auf Touren zu kommen. Mit dir war das wirklich unbeschreiblich", seufzte Tina.

„Mit Männern? Meine Freundinnen haben mir immer erzählt, dass das da so wehtun sollte", antwortete sie.

„Das kann, aber muss nicht! Es kommt vermutlich hauptsächlich auf den Mann an", erwiderte Tina und griff sich die letzte Traube aus der Box.

„Leider war das die letzte Köstlichkeit aus deiner Kiste", stellte sie fest und schüttelte das halbdurchsichtige Kästchen.

„Das Beste habe ich mir aber bis zum Schluss aufgehoben!", erklärte Tina, schob sich die Traube zwischen die Lippen und stürzte sich dann aus dem Sitzen heraus auf sie.

Sie fiel nach hinten um, hatte Tina zwischen ihren Schenkeln und plötzlich die Traube im Mund, die Tina ihr im Kuss übergeben hatte.

Im Kuss vereint lagen sie nackt übereinander, Tinas Finger gingen erneut auf die Suche, als zwei kleine Kinder jubelnd den Waldweg entlang gerannt kamen, ihre Sachen ins Gras warfen und in den Teich hopsten.

Der Rest der Familie folgte, sah sie dort liegen und die Mutter der Kinder zeigte mit dem Finger auf sie.

„Wo ist bloß das Gebüsch, wenn man es braucht!", seufzte sie.

„Wir haben zu Hause in schönes und großes Bett", antwortete Tina.

Sie zogen sich eilig an, packten zusammen und verließen diesen himmlischen Platz ihrer gemeinsamen Leidenschaft.

Einen letzten sehnsüchtigen Blick warf sie noch zurück und bemerkte dabei den fragenden Gesichtsausdruck der jungen Mutter.

„Es ist wohl doch nicht so normal, dass zwei Frauen miteinander Spaß haben. Oder?", fragte sie Tina jetzt.

„Nicht überall und auch nicht für jeden, bis vor kurzen konnte ich mir das auch nicht vorstellen", erwiderte Tina, nahm sie bei der Hand und sie gingen zur Haltestelle des Busses zurück.

„Und du lebst da wirklich in einer Sekte?", fragte Tina sie auf dem Weg.

„Keine Sekte, mehr so eine Gemeinschaft. Die ist uralt und wir sind nicht viele, aber hier bei dir gefällt es mir besser", antwortete sie und blickte zu Tina hinüber.

„Ich mag es auch, mit dir zusammen zu sein. Erzähle doch mal was von dir", gab Tina ihr zurück.

Was sagte man jetzt, ohne dabei zu verraten, dass sie kein Mensch war?

„Ich weiß eigentlich nicht viel. Ich hatte dir ja schon erzählt, dass ich meine Eltern nicht kenne und bei einer Pflegemutter aufgewachsen bin. Mit ihr und ein paar Freundinnen habe ich da so eine Art Wohngemeinschaft und arbeite auch mit ihnen zusammen in unserer Versandzentrale. Jede hat eine andere Aufgabe, meine ist es dabei, zu kontrollieren, ob die Empfänger der Sendung auch die richtigen sind!"

„Klingt nach viel Verantwortung!"

„Und einer Menge Arbeit, die bis Weihnachten noch auf mich wartet!", seufzte Svenja.

„Warum bleibst du dann nicht hier, wenn dich deine Arbeit nervt?", fragte Tina und sah ihr dabei tief in die Augen.

Zu gern hätte sie bei diesem Blick sofort ja gesagt, aber es durfte nicht sein!

Der Bus kam, bremste vor ihnen und so musste auch sie auf die Bremse treten, denn sie war kurz davor, sich bis über beide Elfenohren in Tina zu verlieben, oder hatte sie diese Schwelle bereits auf der Wiese am Teich überschritten?

Jedenfalls durfte es nicht sein.

Leider!

Aber es war unmöglich!

Sie war eine Elfe und Tina ein Mensch!

Damit war doch alles gesagt und entschieden und dennoch schmerzte diese Erkenntnis so ungeheuerlich.

Der Autobus brachte sie heim, in der Wohnung wollte Tina sie ins Schlafzimmer abdrängen, doch sie entwand sich dem liebevollen Griff der Freundin.

Sie entsagte sich der Küsse und Streicheleinheiten, nach denen ihr Körper bereits regelrecht bettelte.

Sie musste stark bleiben, denn sie war doch eine vernunftbegabte Elfe!

19. Kapitel

Am Abend eines Sommertages

Fast eine Woche lang waren sie nach diesem wunderbaren Tag am Waldsee wie zwei Katzen umeinander geschlichen.

Mit dem Betreten der Wohnung am Sonntag hatte Svenja unerklärlicherweise abermals diesen Abstand gewählt.

Es war unerträglich gewesen und dennoch hatte sie sich darauf eingelassen, um der Freundin Raum für ihre Entscheidung zu geben.

Und jetzt war es Samstagabend, Svenja lag auf der Couch unter ihr, umklammerte sie mit den Beinen und versuchte sich gerade das Top über den Kopf zu reißen, was in dieser Position allerdings nicht ganz so einfach war.

Sie hatten einen romantischen Film gesehen und sich danach geküsst, die gefühlsbetonte Stimmung hatte sie beide davon gerissen, aber in Svenjas Augen sah sie soeben, dass es wohl eher der Wein war, der bei ihr diesen Sinneswandel verursacht hatte.

An diesem Abend hatte sie ein Glas Rotwein getrunken und nicht den sonst obligatorischen Kakao.

Offenbar hatte Svenja aber noch nie zuvor Wein getrunken, denn das eine Glas konnte bei einem Erwachsenen wohl kaum schaden, doch die Freundin war wie ausgewechselt.

Tina löste sich aus der Umklammerung, setzte sich zurück und Svenja riss sich das Shirt vom Leib, richtete sich auf und versuchte sie zu küssen, doch sie wich ihr nach hinten aus.

Es war unvorstellbar schwer, denn vor ihr war halbnackt die Versuchung und die Frau, die sie mit jeder Faser ihres Körpers begehrte, doch es durfte nicht sein!

Sie würde sich selbst am nächsten Tag dafür hassen und Svenja würde es nüchtern genauso gehen.

Das würde alles zerstören und ihr Grundsatz war: nie betrunken Sex zu haben!

Daran hatte sie sich bisher immer gehalten, solange sie zurückdenken konnte, denn einer Freundin war vor Jahren schlimmes dabei geschehen.

„Nein, Svenja, höre bitte auf!", wehrte sie die Freundin ab.

Sie war stark, stärker als Svenja, aber der Alkohol enthemmte sie gerade völlig.

Mit bebendem und dennoch wundervollem Busen saß Svenja schließlich einen Meter vor ihr und verstand wohl gerade die Welt nicht mehr, aber in ihrem Zustand wäre es unnütz, es ihr erklären zu wollen.

„Gehe bitte erst mal kalt duschen, dann erläutere ich es dir", sagte Tina.

Mit ziemlich trotzigen Gesichtsausdruck erhob sich Svenja, ging halbnackt zur Dusche und bewegte sich dabei dennoch so grazil und verführerisch, dass sie hinterherschauen musste.

An der Tür warf sie ihr wieder einen dieser Blicke über die Schulter zu, der ihre Ablehnung fast sofort schmelzen ließ und dennoch musste sie Svenja alleine ins Bad gehen lassen.

Das kalte Wasser würde den Alkohol verdrängen.

Ein paar Minuten später zog es sie dann doch hinter Svenja her.

Die Freundin bemerkte sie, öffnete die Duschkabine und hielt ihr die Hand entgegen. Jetzt war ihr Blick wieder völlig klar und darum widerstand Tina auch nicht mehr länger dieser süßen Verlockung.

In blitzeseile riss sie sich das Shirt über den Kopf, streifte die Hose samt Slip ab und öffnete das Bustier.

Das letzte Kleidungsstück hatte den Boden noch nicht berührt, da standen sie bereits zusammen unter dem jetzt warmen Duschstrahl.

Sie seiften sich gegenseitig ein und ihre Berührungen dabei sorgten dafür, dass ihr lustvolles Stöhnen kurz darauf das Bad flutete.

Viel später lagen sie nackt und entspannt nebeneinander auf dem Sofa.

Svenjas Kopf ruhte auf ihrer Brust, Tina blickte hinab zu ihr und begann zu erzählen: „Das war nur der Wein. Weißt du, ich hatte mal eine Freundin, Bianka, der ist vor vielen Jahren mal was schlimmer passiert. Wir waren auf einer Party und sie hat sich da wirklich hemmungslos betrunken. Dann war sie auf einmal verschwunden und ich habe sie überall gesucht. Nach ein paar Tagen hat sie mir erzählt, dass sie am nächsten Morgen nackt im Stadtpark aufgewacht ist und sich nur noch daran erinnern konnte, dass vier Typen sie gegrabscht hatten. Da war sicher noch schlimmeres passiert, aber daran konnte sie sich nicht mehr erinnern!"

„Verstehe, aber bei dir hätte mir doch nichts passieren können", erwiderte Svenja und blickte mit diesen wundervoll blauen Augen zu ihr auf.

„Trotzdem", entgegnete Tina und küsste die andere Frau.

„Party? So was gibt es bei uns nicht. Ich würde gern erleben, wie ihr hier so feiert", seufzte Svenja.

„Wenn du magst, dann könnten wir noch ausgehen. Die Nacht ist ja noch jung", erklärte Tina mit einem Blick auf die Uhr.

„Wenn du mir versprricht, auf mich aufzupassen?"

„Versprochen! Dann ab, zum Kleiderschrank!", antwortete Tina und sie liefen ins Schlafzimmer.

Eine knappe Stunde später verließen sie die Wohnung und stürzten sich ins Nachtleben der quirligen Stadt.

Sonst war sie Samstagabend immer auf Beutezug, doch dieses Mal hatte sie den Fang ihres Lebens bereits an der Hand.

Svenja hatte beschlossen, ihre auffälligen Ohren hinter einem Stirnband zu verbergen. Das Glitzerband stammte noch aus den Zeiten, in denen sie mit Bianka die Nachtclubs der Stadt unsicher gemacht hatte.

Es war damit etwas aus der Mode gekommen, aber es stand Svenja ausgezeichnet.

Da es auch nachts noch ziemlich warm war, trugen sie kurze Kleidung und da Svenja keines ihres Bustiers passte, ging sie ohne Unterwäsche.

T-Shirt und Hot Pants ließen sie wirklich ziemlich heiß aussehen.

Sie hätte auf dem Tanzboden ein Inferno auslösen können, doch sie hielt sich im ersten Klub noch beobachtend zurück.

Tina kannte alle angesagten Lokalitäten für Menschen ihres Alters. Die anderen, in denen die Teenager so abhingen, ersparte sie ihnen beiden.

Erst im dritten Tanzlokal taute Svenja auf, danach tanzten sie zusammen durch die Nacht.

Svenja erntete deutlich mehr bewundernde Pfiffe der Männer und so mancher wollte sich mit ihr auf dem Tanzboden drehen, ihr einen Drink ausgeben, oder anderweitig mit ihr anbändeln, aber Svenja hatte nur Augen für sie.

Mit dem Nachtbus fuhren sie schließlich am Morgen zu ihrem kleinen Teich und stürzten sich mit dem Sonnenaufgang in die Fluten des kühlen Gewässers.

Das Frühstück bestand danach später darin, dass jede mit dem Gesicht im Schoß der jeweils anderen verschwand, wobei dieses Mal Svenja oben bleiben konnte.

Schön war es, den Morgen mit einem dermaßen explosiven Höhepunkt der Lust zu beginnen, während ringsum die Vögel den Sonnenaufgang mit einem fröhlichen Lied begrüßten.

Als sie später der Länge nach ausgestreckt auf der Wiese lagen, seufzte Svenja und bemerkte: „Hier gibt es noch so viel zu entdecken und ich habe nur noch eine Woche. Nächsten Sonntag muss ich wieder fort!"

20. Kapitel

Wozu sind Freunde da?

Heiter und fröhlich machte sich Tina auf den Weg zur Arbeit. Bisher waren Montage nie so wirklich ihr Ding gewesen, denn die Wochenenden, mit meist ziemlich ausschweifenden Partys, waren mittlerweile doch schon etwas anstrengender geworden.

Sie ging mit großen Schritten auf die blöde dreißig zu und machte auch zehn Jahre nach dem Auszug von den Eltern noch immer keinen Abstrich an der Verplanung der Freizeit.

Erst mit Svenja war da so eine Art von Kontinuität in ihr Wochenende getreten, wobei sie auch das letzte auf ziemlich wilden Feten gewesen war, allerdings mit der Freundin.

Nach dem Samstag mit der durchtanzten Nacht und dem Morgen am See waren sie auch am Tage zuvor mit der Abenddämmerung losgezogen.

Eigentlich waren sie erst zwei Stunden zuvor wieder nach Hause gekommen, Svenja schlief jetzt noch tief und fest, aber sie musste eben los.

Obwohl sie nicht geschlafen hatte, fühlte sie sich topfit, denn der zuvor mit Svenja erlebte Höhepunkt in dem breiten Bett flutete noch immer ihren Körper mit Hochstimmung.

Es hatte ihr danach allerdings eine solch unglaubliche Kraftanstrengung gekostet, sich von dem Bild der nackten und selig schlafenden Freundin loszureißen, aber ihr Pflichtgefühl hatte es ihr verboten, sich einfach mal ein paar Tage krank zu melden, obwohl sie das bereits vor Sehnsucht nach ein paar Minuten der Trennung war.

Eventuell war es aber auch diese Endlichkeit der Beziehung, die ihr am Tage zuvor wieder so deutlich vor Augen geführt worden war.

Mit Svenjas Erklärung blieb ihnen nur noch diese eine Woche!

Und was kam danach?

Eine Fernbeziehung? Wohl eher nicht. Freundschaft eventuell, aber auch die würde kaum zu halten sein, denn Svenja wohnte dann wieder in Kanada und das war kein Katzensprung!

Ihrer und Svenjas Heimatorte lagen noch nicht mal auf demselben Kontinent!

Jeder mit ein bisschen Grips würde diese Diskrepanz zwischen Willensäußerung und Machbarkeit erkennen und die momentane Entfernung von Svenja pustete vermutlich gerade ihren Kopf durch.

Noch ein paar Tage der Sinneslust standen ihr bevor, aber an deren Ende war leider nichts zu ändern.

Sie wollte nur jeden möglichen Augenblick davon mit Svenja verbringen, daher war sie später von zu Hause aufgebrochen und ging etwas schneller zu ihrer Arbeit.

Klaus stand an der Raucherinsel und es war schon seltsam, dass er offensichtlich auf sie gewartet hatte, denn sonst wäre sie montags um diese Uhrzeit noch nicht da gewesen.

Wie hatte er es ahnen könne, dass sie an diesem Tage die Schallmauer für den Arbeitsweg durchbrach?

Das war wohl eines dieser Dinge, die in ihrer gemeinsamen Arbeit so selbstverständlich geworden waren: sich blind zu verstehen!

Sie trat zu ihm und lächelnd nickte er ihr zu.

„Schönes Wochenende gehabt?", fragte er.

Das bedurfte wohl keiner Antwort, denn ihr Gesichtsausdruck hatte ihm sicher längst alles verraten und dennoch tat sie es.

„Ja! Einfach perfekt!", erwiderte sie.

„Blondinen bevorzugt?", erkundigte er sich schmunzelnd.

„Du kennst mich einfach viel zu gut!", gab sie ihm zurück.

„Eigentlich nicht, oder reine Menschenkenntnis, aber du hast nicht erzählt, dass Svenja gegangen ist und mit ihr in der Wohnung kannst du dir ja keinen Kerl mitbringen. Es sei denn, dass sie auf solche Spielchen steht!", erklärte Klaus seine Gedankengänge und drückte die Zigarette aus.

„Warum komme ich eigentlich nie an solche Männer, wie dich?"

„Weil wir einfach Freunde sind!", erwiderte Klaus, ging zur Tür und hielt ihr diese auf.

„Dann kannst du dich schon mal darauf vorbereiten, mich nächsten Montag aufzuheitern, denn Svenja fliegt am Sonntag heim. Sie hat die Rückreise schon gebucht!"

„Das mache ich. Ich habe ein neues Computerspiel, wo du sicherlich gnadenlos gegen mich versagen wirst, aber bis dahin wünsche ich dir viel Spaß mit ihr!"

„Danke, aber das mit dem Spiel sehe ich anders. Du bist bislang jedes Mal an mir gescheitert!", erklärte sie ihm lachend.

„Abwarten, Tina, während du mit Svenja spielst, übe ich schon mal!"

„Ich spiele nicht, es ist mir ernst. Zumindest irgendwie", seufzte Tina.

„Und dennoch lässt du sie gehen?"

„Ja, leider! Du weißt, wo sie wohnt?"

„In einem Kaff mit Schlittenhunden und Polarbären. Wenn du sie wirklich liebst, und sie dich, dann bleibt sie!", erwiderte Klaus.

„Schön wäre es."

„Ich finde das irgendwie interessant, monatelang wird es da nicht dunkel! Fete ohne Ende!", bemerkte er.

„Das denkst auch nur du dir! Svenja war vorgestern das erste Mal in ihrem Leben auf einer Party!"

„Und dann ist es wieder monatelang finster. Du musst nie das Bett verlassen! Kuschelzeit für Monate!", stellte Klaus danach fest.

Sie seufzte bei dem Gedanken daran auf.

„Also, wenn du eine starke Schulter zum Anlehnen brauchst, ich bin da! Wozu gibt es Freunde?"

„Wenn ich dich beim nächsten Mal im Armdrücken schlage, dann darfst du auch an meine Schulter!"

„He! Ich bin nur abgerutscht! Das zählt nicht!", entgegnete Klaus lachend.

Gemeinsam gingen die den Flur entlang.

An diesem Tage wären sie wieder draußen in den Bussen und Bahnen.

Hier drin gab es eine Klimaanlage, in den Bahnen zwar auch, aber auf den Wegen zwischen den Haltestellen war es in der Stadt mittlerweile brütend heiß.

Seit Wochen knallte die Sonne schon auf den Beton und heizte die Stadt immer mehr auf, aber Svenjas Blicke waren noch viel heißer und bei dieser Erinnerung seufzte Tina erneut auf.

Klaus blickte sie von der Seite aus so fragend an und das bedurfte jetzt wohl einer Erklärung.

„Ich hätte nie geglaubt, dass ich mein Glück mal bei einer Frau finden würde", erläuterte sie ihm daher.

„Eventuell sollte ich mich auch mal umorientieren. Bei mir hat es bisher noch nie mit einer Frau für länger gehalten. Du bist da die große Ausnahme", erwiderte Klaus nachdenklich.

„Bei mir ist es ähnlich. So lange, wie mit dir, habe ich es noch nie mit einem Mann ausgehalten", stimmte sie ihm zu.

„Was stimmt da mit uns beiden nicht?", witzelte Klaus und hielt ihr die Tür des Aufenthaltsraumes auf.

„Noch einen Kaffee vor der Tour?", fragte er.

„Nein, danke, mir ist schon heiß genug", stöhnte sie auf.

„Eiskaffee, direkt aus dem Kühlschrank", setzte er schmunzelnd hinzu.

„Du rettest mir den Tag", erwiderte sie lachend.

„Zumindest so lange, bis du wieder zu Hause bist. Oder?", antwortete Klaus, zwinkerte ihr zu und goss zwei Tassen mit dem eiskalten Getränk aus dem Kühlschrank ein.

„Wenn da jetzt noch eine Kugel Vanilleeis drauf wäre", stellte sie fest.

„Du und Eis? Diese Svenja krempelt dich ja total um. Erst Kekse, dann Kakao und jetzt Eis!", stellte Klaus fest, öffnete dann den Kühlschrank noch einmal und gab ihr einen Löffel mit Eiscreme in die Tasse.

„Woher hast du das gewusst?", fragte sie erstaunt, denn Eis gab es hier sonst nie und auch das musste Klaus extra zuvor in den Eisschrank getan haben.

„Ich weiß doch jetzt, dass du auf süße Sachen stehst", erklärte er grinsend und sie stießen an.

Es war schon schön, wenn man jemanden gefunden hatte, der einen voll und ganz verstand. Wie bei ihr und Svenja!

Abermals seufzte sie, aber der Eiskaffee versöhnte sie schnell mit der nachfolgen Arbeit an diesem heißen Tag.

21. Kapitel

Die Sache mit Lisa-Marie

Wenn man erst einmal das Gesetz gebrochen hatte, dann spielte es sowieso keine Rolle mehr, wie oft man das wiederholte und nach diesem Prinzip verlebte Svenja die Tage.

Seit der abermaligen Rückkehr vom Badesee am Sonntagmorgen genoss sie jeden freien Augenblick mit Tina zusammen und es war wirklich ein Genuss.

Die Strafe dafür würde sie sowieso spätestens am kommenden Sonntag ereilen und da spielte es jetzt wirklich keine Rolle mehr, für wie oft sie da gerichtet wurde, aber sie wollte einfach nichts versäumt haben, bevor sie danach eventuell die nächsten tausend Jahre im Keller einer Fabrik Holzteile feilen und bemalen musste.

Wer hatte eigentlich diese blöde Weisung erteilt, dass man sich nicht verlieben durfte?

Als ob es da darum ging, dass einem das jemand erlaubte! Das Herz sprach und Gefühle konnte keiner unterdrücken!

Es musste wohl so ein uraltes Gesetz sein, wie die, von denen Tina ihr erzählt hatte.

In der Welt der Menschen hatte sich in den letzten fünfhundert Jahren so unglaublich viel geändert, warum ging das bei ihnen nicht?

Computer gab es doch momentan auch schon dort, warum brauchte der Rest da nur so unendlich lange?

Eventuell, weil sich keiner gegen das Gesetz zur Wehr setzte? Oder weil es einfach keine Elfe betraf?

Keine, außer ihr!

Die Gelegenheit fehlte den anderen einfach und möglicherweise musste es auf einen Prozess hinauslaufen, um da für ein Umdenken zu sorgen.

Sie war keine Rebellin, aber ein kleines wenig von einem Trotzkopf steckte wohl schon immer in ihr.

Das erkannte sie allerdings erst jetzt.

Jedenfalls war es unglaublich schön, mit Tina im selben Bett einzuschlafen, mit ihr aufzuwachen und dabei in ihr Gesicht schauen zu dürfen.

Und über all dieser gerade erlebten sinnlichen Freude hätte sie beinahe vergessen, warum sie eigentlich hier war: Sie wollte doch herausfinden, warum das Mädchen auf der falschen Liste stand!

Da sie sich leider noch immer nicht daran erinnern konnte, wo Lisa wohnte, blieb ihr nichts anders übrig, als das Kind beim Aussteigen aus dem Bus abzufangen und danach einfach zu beobachten.

Es konnte ja kaum so schwer sein, ein kleines Mädchen zu verfolgen, um herauszufinden, ob sie wirklich so böse war, wie der Computer meinte.

Als Tina an diesem Mittwochmorgen das Haus verließ, weil sie auf ihre Arbeit gehen musste, eilte auch sie davon, um ans andere Stadtende zu kommen und von ihrem damals gefundenen Beobachtungsplatz aus Lisas Studio zu überwachen.

Der Bus sollte ja heute wieder ankommen und die Balletttruppe zurückbringen.

Dann würde sie Lisa-Marie auf den Fersen bleiben und aufpassen, wie sich das kleine Mädchen verhielt und bewegte.

Das würde ihr alles sagen und am Abend wäre dieser Auftrag dann beendet.

Von da an konnte sie sich dann entspannt in Tinas Armen auf die nächsten Tage konzentrieren. Oder einfach bei ihr fallen lassen!

Beides war so unglaublich schön mit ihr zusammen.

Völlig in ihre Gedanken versunken, erreichte sie den kleinen Park, ließ sich auf der Bank nieder und lehnte sich zurück.

Die Sonne auf der Haut zu genießen war etwas, was ihr sicherlich im hohen Norden fehlen würde, aber noch viel schöner war es eben, sich völlig hüllenlos und mit Tina zusammen an jenem malerischen Teich an diesen warmen Strahlen zu ergötzen.

Dafür hätte sie sterben können und wer hatte ihr eigentlich befohlen, dass sie sich wieder in ihr kaltes Heim zurück bewegen musste?

Das konnte doch keiner von ihr verlangen, allerdings hatte sie die Botschaft an Ronja bedauerlicherweise längst abgeschickt.

In ihrem jetzigen Zustand bereute sie das zutiefst.

Aus den schönen Gedanken an diesen See riss sie der Bus heraus, der praktisch direkt vor ihr auf dem Platz auffuhr und die Kinder wieder entließ, von denen einige von ihren Eltern abgeholt wurden.

Drei Mädchen machten sich hingegen zu Fuß und mit ihrem Rucksack auf den Schultern auf den Weg und eine davon war Lisa-Marie, die sich artig von den anderen beiden mit einer liebevollen Umarmung verabschiedete.

Noch mehr Zweifel sausten durch Svenjas Herz und Kopf.

Wenn der Computer sich wirklich in diesem Falle irrte, dann würde sie alle Listen prüfen müssen!

Das war eine unvorstellbar mühselige Arbeit und durch ihr Hiersein hatte sie dann schon mehr als zwei Wochen versäumt!

Lisa lief direkt an ihrer Bank vorbei in den Park, Svenja schloss sie ihr unauffällig an und sah, wie das Mädchen zehn Meter vor ihr mit voller Absicht wütend gegen einen Mülleiner trat.

„He! Das macht man aber nicht!", rief sie Lisa zu.

Das Mädchen zuckte zusammen, fuhr herum und entschuldigte sich sofort.

„Wir sollten das schnell wieder zusammensammeln", ermahnte Svenja sie.

Das Mädchen nickte und gemeinsam räumten sie den verteilten Müll zurück in den Eimer.

„Entschuldigen sie bitte", flüsterte Lisa danach noch einmal.

„Wir haben es ja wieder aufgeräumt", begann Svenja und setzte hinzu: „Warum machst du das? Odette hätte das nicht getan! Die Schwanenjungfrau schützt doch die Natur und vermüllt sie nicht!"

Lisa blickte sie so ungläubig an.

„Du bist doch Lisa. Oder? Ich habe dein Foto da vorn an der Tafel gesehen", erklärte Svenja und zeigte zum Parkeingang, wo das Schild noch zu erblicken war.

Lisa nickte und schwieg.

Da musste sie wohl etwas nachbohren.

„Du bist wütend, weil dich keiner abgeholt hat. Oder?", erkundigte sie sich jetzt.

Lisa seufzte nur.

„Dann begleite ich dich eben!"

Lisa strahlte sie an.

Das war das freundlichste Kind, das man sich nur vorstellen konnte, aber offenbar kam sie mit den Erwachsenen nicht zurecht.

Das schrie jetzt nach einer Aussprache und dazu war der Weg doch genau richtig.

„Du kannst mir alles erzählen, denn ich habe ein großes, offenes Ohr für dich", erklärte Svenja und streifte die Locken hinter ihr Ohr.

Das Mädchen blickte sie an und ihr blieb der Mund dabei offen stehen.

„Bis du eine richtige Elfe?", fragte sie.

Svenja antwortete: „Ja, eine Weihnachtselfe, aber du darfst es keinem verraten!"

Lisa nickte heftig und zusammen machten sie sich auf den Weg durch den Park.

„Also? Was ist los?", fragte Svenja.

„Das ist alles Claudias Schuld", stöhnte Lisa und danach begann alles aus ihr herauszusprudeln.

Ihre Eltern hatten sich getrennt, der Vater hatte eine neue Freundin, jene Claudia, der Lisa jetzt die Schuld an dem Desaster gab und die wohl auch noch versuchte, die Mutterrolle bei Lisa einzunehmen.

All das überforderte das Kind deutlich und sie machte sich da wohl damit Luft, indem sie nach außen hin versuchte, diese Aggressionen abzulassen.

Am Ende des Parks kniete sich Svenja vor sie hin und begann: „Rede mit deinen Eltern. Claudia könnte dir eine Freundin sein, aber sie wird nie deine Mutter. Du musst es ihr aber sagen, was du von ihr erwartest. Erwachsene sind da manchmal etwas komisch. Sie denken nicht als Kind, obwohl sie selbst einst eines waren! Versprich mir bitte, dass du das klärst!"

„Ja, das mache ich", erwiderte Lisa, fiel ihr um den Hals und rannte dann nach Hause.

Svenja erhob sich und blickte ihr nach.

Selbst wenn Lisa es in den nächsten Tagen noch nicht schaffen konnte, das Problem zu lösen, so würde sie doch dafür sorgen, dass das Mädchen von der roten Liste herunterkam.

Sie hatte es schon schwer genug und dafür sollte sie dann nicht auch noch damit bestraft werden, indem sie kein Geschenk unter dem Weihnachtsbaum fand.

Grübelnd machte sich Svenja wieder auf den Weg zu Tinas Wohnung.

In ihrem fernen Büro wartete noch eine Menge Arbeit auf sie, aber in den nächsten Tagen würde sie nur noch das Beisammensein mit Tina genießen.

22. Kapitel

Abflug wider Willen

Dieser Sonntag hatte so begonnen, wie so viele wundervolle Tage zuvor. Abermals hatte Svenja den Morgen in Tinas Armen begrüßt und da die Freundin am Weekend nicht arbeiten musste, hatte sie nach einer erneuten durchtanzten Nacht abermals das Bad in dem kleinen Waldteich genossen und natürlich die innige Nähe der Geliebten.

Noch immer tobten die Glückshormone durch ihren Leib, aber all das würde es ab dem nächsten Tage schon nicht mehr geben: keine Party, keinen Tanz durch die Nacht, keinen Waldsee, keinen Sex unter freiem Himmel und leider auch keine Tina!

An diesem Abend war ihr Rückflug vereinbart und sie verfluchte den Moment, als sie Ronja die Nachricht geschrieben hatte, wo sie zu finden war.

Zu dem Zeitpunkt, als sie den Brief in den Kasten gesteckt hatte, war ihr noch nicht wirklich bewusst gewesen, was sie in und an Tina gefunden hatte.

Jetzt war es für eine Absage an Ronja zu spät, denn die Freundin, die ja auch irgendwie ihre Chefin war, würde sie zu finden und zu holen wissen, denn wie sollte sie ihr ein weiteres Säumen erklären?

Eigentlich war schon dieser Moment, nackt in Tinas Armen am Ufer des idyllischen Weihers, ein Grund, sie in den tiefsten und dunkelsten Keller zu sperren, bis ihre Haare so grau waren, wie das Fell der Mäuse, die sie dort garantiert bereits sehnsüchtig erwarteten.

Damit blieben ihr jetzt nur noch zwei Dinge zu tun: die letzten Stunden so intensiv wie nur möglich mit Tina zu verbringen und danach auf Ronjas Gnade hoffen.

Doch egal wie auch immer die Entscheidung der Freundin und des Rates der Elfen ausfiel, sie würde Tina nach diesem Tag nie mehr wiedersehen dürfen.

Und dabei hing ihr Herz längst so unsäglich schwer an ihr. Es schien ihr bereits jetzt die Brust zu zerreißen, wenn sie nur an diesen unausweichlichen Aufbruch dachte.

Seufzend drehte sie sich auf die Seite und betrachtete Tinas Gesicht. Die Freundin war der Länge nach ausgestreckt mit dem Rücken auf der Wiese vor Erschöpfung eingeschlafen.

Glücklich lächelte sie im Schlaf und Svenja betrachtete sie ausgiebig.

Jeder Zentimeter dieses wundervollen Leibes wurde in ihrem Gedächtnis abgespeichert, damit sie auch weiterhin von der Freundin und den schönen Stunden mit ihr träumen konnte, denn die Gedanken konnte ihr keiner mehr aus dem Kopf nehmen.

Nachts im Schlaf und im Traum würde sie für die Ewigkeit bei Tina sein. Vermutlich selbst dann noch, wenn Tina schon alt und grau war. Oder bereits gestorben, denn das Leben einer Elfe war mehr als hundertmal so lang, wie das eines Menschen.

Doch daran wollte sie jetzt keinen Augenblick verschwenden und scheuchte den unnützen Gedanken um den Tod davon.

Viel lieber beobachtete sie, wie sich Tinas Brust hob und senkte, wie sie da einfach nur auf dem Rücken lag, ein Bein angezogen und den Fuß aufgestützt, beide Hände hinter dem Kopf verschränkt.

Tina sah so still und friedlich aus, zumindest wenn sie entspannt schlief, denn wach war sie dagegen ein richtiger Wirbelwind.

Und da jede Minute dieses letzten Tages zählte, konnte sie es natürlich nicht zulassen, dass die Freundin hier so entblößt und unbehelligt weiterschlief.

Langsam ließ sie ihre Fingerspitzen über die Haut der anderen Frau gleiten, ganz sanft waren diese Berührungen und dennoch räkelte sich Tina bereits kurz danach.

Svenja beugte sich nach vorn, über sie und raubte sich einen Kuss, Tina griff zu und hielt ihren Kopf genau in dieser Position fest.

Im Kuss vereint und sich gegenseitig streichelnd verflog die Zeit.

Sehr viel später gingen sie wieder Händchen haltend zum Bus zurück, der sie in die Stadt bringen würde.

Wäre Svenja eine Maus gewesen, sie hätte sich in irgendeinem Loch verkrochen, wo Ronja sie nicht finden würde, doch das war aussichtslos.

Wenn die Freundin erst einmal auf ihrer Spur war, dann konnte sie ihr nicht mehr entgehen! Und sie würde damit vielleicht die erhoffte Gnade verspielen.

„Schade, dass du schon fort musst", flüsterte Tina, als sie an der Bushaltestelle nebeneinander auf der Bank saßen.

„Leider muss es sein. Die Arbeit wartet!", gab Svenja ihr seufzend zurück.

Sie vermied es, dabei in Tinas Augen zu blicken, weil das ihren Abflug nur noch unmöglicher machen würde.

Es war die reinste Qual und gleichzeitig möglicherweise ihr letzter Tag in Freiheit!

Der Bus hielt direkt vor ihnen und sie musste sich regelrecht von der Bank losreißen!

Nach der Fahrt schlenderten sie zu einem kleinen Café, wo Tina ihr ein großes Stück Torte spendierte und von dort aus liefen sie danach zurück zur Wohnung.

„Wenn du eine richtige Fee wärst, dann könntest du die Zeit anhalten", stöhnte Tina, als sie die Wohnung betraten.

„Mein größter Wunsch wäre es, jetzt bei dir bleiben zu können, aber es geht bedauerlicherweise nicht. Im nächsten Jahr kann ich ja wieder im Urlaub hier zu dir kommen", erklärte sie der Freundin.

„Das wäre schön und bis dahin können wir ja E-Mails schreiben. Oder?", fragte Tina.

„Ja, gern. Gib mir deine Adresse", erwiderte Svenja, denn zumindest für eine gewisse Zeit hatte sie ja noch den Computer in ihrem Büro. Der sollte ja wenigstens noch für etwas nutze sein, wenn er schon solch gravierende Fehler wie bei Lisa-Marie machte.

Jetzt hätte sie sich wirklich gern die Gabe gewünscht, die Zeit anzuhalten, aber die Sonne sank so unglaublich schnell zum Horizont herab.

Der Schlitten war sicherlich schon auf dem Weg und sie musste noch bis zu der Stelle gehen, an der sie damals auf Lisa gewartet hatte.

An der Tür stehend hielten sie sich bei den Händen, keine wollte loslassen und dennoch musste es sein.

„Ich melde mich", schluchzte Svenja und umarmte die Freundin.

„Ich habe hier noch was für dich, aber du darfst es erst zu Hause öffnen", entgegnete Tina und zog ein kleines Paket von der Ablage im Flur.

Svenja presste das Geschenk an ihre Brust, gab Tina einen letzten Kuss und riss sich von ihr los.

Mit von Tränen verschleiertem Blick eilte sie in der beginnenden Dunkelheit durch die Gassen der Stadt, bis sie wieder den kleinen Park erreichte.

Sie versteckte sich in einem Gebüsch und spähte hinaus, ob jemand gerade da auf der Wiese lag, doch der eigentlich idyllische Platz war menschenleer.

Die letzten zehn Schritte fielen ihr so unglaublich schwer, doch sie musste fort.

Mitten auf der Wiese stehend breitete sie die Arme aus und sagte laut: „Bitte hole mich ab!"

Lautlos schwebte der Schlitten mit den vier Rentieren vom Himmel ein, setzte direkt vor ihr auf dem Gras auf und sie stieg ein.

Im Abflug konnte sie noch einen letzten Blick auf die hell erleuchtete Stadt werfen.

Hinter einem dieser Fenster stand jetzt vermutlich die Freundin!

„Leb wohl, Tina, ich werde dich nie vergessen", stöhnte Svenja und warf eine Kusshand nach unten, dann beschleunigte der Schlitten und zog wie ein Pfeil davon.

23. Kapitel

Ein Herz aus Silikon

Entgegen ihrer Erwartungen, oder Befürchtungen, befand sich Svenja noch immer auf freiem Fuß, es war Montag und sie saß wieder in ihrem Büro, aber alles schien ihr hier so fremd zu sein und das nicht nur, weil der Computer da in der Ecke stand und nicht das seit vielen hundert Jahren gewohnte Buchregal.

Gedankenverloren rührte sie in ihrer Tasse Kakao und dachte an den Tag zuvor zurück. Da hatte sie zu dieser Uhrzeit noch nackt in Tinas Armen am Waldteich im Grase gelegen, sich vom dritten Höhepunkt der Begierde des Morgens erholt und was war jetzt?

Tote Hose! Im wahrsten Sinne des Wortes!

„Mist!", stöhnte sie auf und nippte an der Tasse.

Der bisher so geliebte und von Ronja so wundervoll zubereitete Trank konnte sie allerdings immer nur wenige Sekunden vom Kummer der Trennung ablenken, den sie tief in sich verspürte.

Am vergangenen Abend war sie hier gelandet und die Kälte hatte sie sofort umfangen. Und das nicht nur, weil es hier 15 °C unter null waren und sie in den leichten Sommersachen wie ein

148

Schneider gefroren hatte, sondern vor allem, weil die Geliebte so unglaublich weit entfernt war.

Selbst mit dem superschnellen Schlitten waren es ein paar Stunden gewesen.

Sie war der Sonne hinterher geflogen, ohne sie wirklich einholen zu können. Und Ronja hatte sie mit einer Decke direkt am Schlitten abgeholt.

Die Freundin hatte nichts gesagt oder gefragt, sondern einfach nur die wärmende Hülle um ihre Schultern gelegt und sie in das Zimmer geleitet, wo sie erst sehr viel später in den Schlaf gekommen war.

Tinas Geschenk, das sie weisungsgemäße erst in ihrer Stube geöffnet hatte, war ein Freudenspender, wie sie ihn in den letzten Tagen immer benutzt hatten, um sich damit gegenseitig zu verwöhnen.

Leider ohne Batterien, die würde sie erst noch irgendwo auftreiben müssen.

Und jetzt saß sie hier am Tisch, betrachtete den Monitor und grübelte nach.

Selbstverständlich war es ihre erste Aktivität zum Tagesbeginn gewesen, Lisa-Marie von der roten zur grünen Liste zu verschieben, aber wenn dieser Computer schon bei Lisa solch einen schwerwiegenden Fehler begangen hatte, wie viele Kinder da drin hatten wohl ein ähnliches Schicksal?

Hunderte? Tausende womöglich!

Zumindest hatte einer der Techniker die Software in der Zeit ihrer Abwesenheit noch einmal umprogrammiert.

Vermutlich waren sie selbst dahinter gekommen, dass die Bedienung ein Ding der Unmöglichkeit gewesen war.

Eine etwas ausführlichere Anleitung lag auf ihrem Tisch, aber die änderte nichts daran, dass ihre Zweifel in den letzten beiden Wochen nur noch viel größer geworden waren.

Seufzend blickte sie in die Ecke, wo sich dieser graue Kasten mit den blinkenden Lichtern befand, als sich die Tür öffnete und Ronja in ihr Büro trat.

Das tat sie an diesem Tag bereits zum achten Mal und es war noch nicht mal um elf!

Vermutlich wollte sie sich davon überzeugen, dass sie noch immer hier war und nicht wieder diese Tastenkombination gedrückt hatte, die sie in Tinas Arme bringen konnte.

„Möchtest du noch einen Keks, oder eine frische heiße Schokolade?", fragte Ronja.

„Nein, danke dir, ich habe noch", antwortete sie und hielt die halbvolle Tasse hoch.

Ronja nickte und trat zu ihr.

„So grüblerisch?", erkundigte sich die Freundin.

Svenja seufzte, zeigte mit der Hand auf den grauen Kasten und erklärte: „Ich wollte herausfinden, ob der Computer sich bei Lisa getäuscht hatte und jetzt habe ich die Befürchtung, und frage mich gleichzeitig, ob überhaupt ein Eintrag davon stimmt!"

Ronja blickte ebenfalls in die Ecke und sagte danach: „Das kommt daher, weil diese Rechenmaschine kein Herz hat. Sie beurteilt die Dinge objektiv und kann nur nach eins und null werten. Deine Aufgabe ist es, die Daten zu prüfen, die der da dir vorschlägt!"

„Mit anderen Worte ist dieser PC auch nicht mehr, als mein altes Buch. Oder?", erwiderte sie.

„So in etwa kannst du es sehen. Dein Buch hatte ja auch kein Herz. Du bist es, die diese Listen da drüben mit Leben füllt", antwortete Ronja und wies jetzt auf die Monitore.

„Dann muss ich ja jeden einzelnen Eintrag davon überprüfen!", stellte Svenja fest und schlug sich mit der flachen Hand vor die Stirn.

Das konnte bei der Anzahl der Namen noch Monate dauern und sie hatte bereits mehr als zwei Wochen versäumt.

„Du schaffst das schon", entgegnete Ronja, legte ihr die Hand auf die Schulter und nickte ihr aufmunternd zu.

„Dann brauche ich aber meine Bücher", stöhnte sie auf.

„Alles, was in deinen Büchern stand, hast du da drin!", erklärte die Freundin und zeigte erneut auf den grauen Kasten.

„Aber wie soll ich darauf vertrauen, dass die Daten da drin stimmen, wenn ich dem Rechenknecht nicht traue?", klagte sie.

„Höre auf dein Herz. Der da drüben hat keines!"

„Doch, eines aus Silikon", seufzte Svenja und nahm einen großen Schluck heiße Schokolade.

„Ich weiß, dass du das kannst", antwortete die Freundin, nahm ihr die jetzt leere Tasse ab und ging.

Svenja blickte auf die geschlossene Tür.

Ronja hatte bisher nicht ein Wort darüber verloren, was geschehen war. Sie hatte sie einfach wieder in die Arme geschlossen und da war keine Frage gewesen, höchstens eine in deren Blick, aber eventuell hatte sie gewusst, was vorgefallen war.

Ronja kannte sie schon ihr ganzes Leben, sie war bei ihr aufgewachsen, nachdem ihre Mutter verstorben war. Das war hunderte Jahre her und in all dieser langen Zeit waren sie sich zwar nah gewesen, allerdings nie so verbunden, wie sie es in den paar Tagen mit Tina in sich gefühlt hatte.

Eventuell war das normal, denn sie beide waren Elfen, Mutter und Tochter zwar, und dennoch gab es da so eine Art von Hemmung, sich der jeweils anderen gegenüber gefühlsmäßig zu öffnen.

Sie waren rational denkende Wesen!

Dieser brummende Rechner in der Ecke war da wohl ähnlich, aber ihr Herz schmerzte jetzt jedes Mal, wenn sie nur an Tina dachte.

So ein Herz aus Silikon konnte schon etwas Schönes sein, es kannte kein Leid, keinen Liebeskummer und auch nicht dieses Begehren.

Und bis vor ein paar Wochen hatte sie das auch nicht gekannt.

Jetzt war alles anders.

Tina hatte ihr Innerstes erweckt und damit war Schmerz in ihr, Kummer, Sehnen nach Tinas Armen und diesen wundervollen Berührungen.

Aber es war gleichzeitig auch Glück darin, dass sie dies alles hatte empfinden können.

Die Erinnerung an Tina hatte sich tief in ihr eingenistet und blieb hoffentlich für immer da.

„Ach Tina", seufzte sie.

Die Tür öffnete sich und Ronja brachte ihr die neue Tasse.

Jetzt hieß es, sich beeilen, damit bis kurz vor Weihnachten die Listen fertig waren, denn sonst würden einige Kinder kein Geschenk bekommen.

Und Batterien brauchte sie auch noch!

24. Kapitel

Vibrationen der Seele

Svenja war an ihrem Schreibtisch eingeschlafen und schreckte auf, als ihr jemand
von hinten an die Schulter griff.

Verschlafen blickte sie hoch und erkannte
Ronjas besorgtes Gesicht vor sich.

Es musste Mittwoch oder schon Donnerstag
sein, aber genau wusste sie es nicht.

Seit sie am Montag ihr Büro betreten hatte,
war sie hier und prüfte die Listen, ihre alten Bücher aus dem Keller hatte sie dazu eine Kiste
nach der anderen wieder nach oben geschleppt
und in Ermangelung ihres so geliebten Regals
lagen die Wälzer jetzt aufgeschlagen wild durcheinander um sie herum auf dem Fußboden.

In den letzten Tagen hatte sie bereits vieles im
Computer geändert und verschoben, aber sie hatte
beschlossen, nur die blaue und rote Liste zu prüfen, denn für eine umfassende Kontrolle auch der
grünen Aufstellung hätte sie bei dieser Ge-
schwindigkeit bis nach Ostern gebraucht!

„Kann ich dir etwas bringen?", fragte Ronja.

Svenja schüttelte den Kopf, den das einzige,
was sie wirklich wollte und brauchte, das konnte
Ronja nicht zu ihr schaffen: Tina!

Im Traum, wie gerade eben, waren sie sich noch immer so unglaublich nah, aber im Wachsein trennten sie Kontinente, ein Ozean und die verschiedenen Rassen.

Sie war eine Elfe und Tina ein Mensch.

Es wäre sogar gefährlich, im Schlaf zu sprechen, denn Ronja konnte da schnell etwas aufschnappen, was sie beide in Bedrängnis bringen konnte.

„Du musst dich mal ausruhen!", erklärte Ronja jetzt.

Das traf gewiss zu, denn die heiße Schokolade, die sie mittlerweile kannenweise in sich hineingoss, hielt nicht mehr wirklich wach, doch die Aufgabe duldete nun mal kein weiteres Säumen.

Irgendwie fehlte ihr wohl Tinas Kaffee, den sie in den Tagen bei ihr wirklich zu schätzen gelernt hatte. Und natürlich vermisste sie Tina!

„Es gibt noch so viel zu tun", erwiderte sie gähnend und setzte noch hinzu: „Und Santa braucht die Listen vor Weihnachten, damit er weiß, wer ein Geschenk bekommt und wer nicht!"

„Und warum macht das nicht dein PC?", erwiderte die ältere Freundin und zeigte auf das Chaos aus Büchern am Boden.

„Weil ich das alles gegenprüfen muss!"

„Damit dauert das doch aber automatisch noch viel länger!", antwortete Ronja zweifelnd.

„Ich habe dir doch aber von Lisa-Marie erzählt. Die hätte beinahe kein Geschenk bekommen, nur weil dieser Rechenknecht sie durch den Algorithmus gejagt und »böses Mädchen« dran geschrieben hat!", erklärte Svenja ihre Beweggründe.

„Na gut, aber geh dich mal waschen! Du riechst, wie ein ganzer Mäusestall!"

„Das sind die Bücher!", entgegnete sie trotzig.

Mit Tina wäre sie jetzt gern unter die Dusche gegangen, allerdings vermutlich nicht, um sich zu waschen, doch die Freundin war weit entfernt und Batterien hatte sie noch immer nicht!

„Ich muss weiter machen!", erklärte sie.

„Nichts ist! Du machst jetzt Pause!", sagte Ronja bestimmt und zog den Stecker aus der Dose.

Die Monitore erloschen.

Müde und völlig erschöpft schlurfte Svenja aus ihrem Büro, denn Ronja würde das Kabel sicherlich erst am nächsten Tag zurückgeben. Zumindest rollte sie es gerade zusammen und schob es sich in die Tasche.

Die Kälte der Nacht zwackte Svenja in die Nase, als sie das Hauptquartier verließ und zu ihrem Wohnhaus hinüberging.

Der Sommer war bei Tina geblieben und ein Teil ihres Herzens auch. Ein ziemlich großer Teil!

Sie betrat ihr Zimmer und jemand hatte eine kleine Schachtel auf ihren Tisch gelegt, trotz Müdigkeit siegte jetzt erst einmal die Neugier, was das unscheinbare Päckchen verbarg.

Svenja öffnete die Verpackung und es befanden sich Batterien darin! Die mussten von Ronja sein. Vermutlich hatte die Freundin bemerkt, dass sie danach herumtelefoniert hatte.

Wusste Ronja, wofür sie die brauchte?

Die Müdigkeit war im Handumdrehen verflogen und genauso schnell befanden sich die Batterien im Inneren von Tinas Geschenk.

Ein Teil der fernen Freundin war damit bei ihr und brummte so vertraut auf, als sie den Knopf betätigte.

Zuerst waschen und dann diese wundervollen Vibrationen genießen, die ihr schon jetzt durch den Körper sausten?

Oder andersherum?

Auf alle Fälle zuerst die Zimmertür verschließen, denn so etwas würde sie wohl nur schwer erklären können. Es war zwar nicht verboten, aber keine Elfe würde auf so einen absurden Gedanken kommen, sich damit zu stimulieren.

Die Paarungszeit und alles, was damit zusammenhing, waren so durch unerklärliche Tabus umfangen, dass es wohl niemand hier verstehen konnte, was sie jetzt wollte.

Flugs war die Tür verschlossen, das Gewand zu Boden geworfen und Svenja lag auf dem Rücken in ihrem Bett.

Sie schloss die Augen, schaltete ein und träumte sich zu jenem Moment zurück, als Tina dieses Gerät zum ersten Mal in ihr versenkt hatte.

Und auch dieses Mal dauerte es nicht lange, bis diese Wellen erneut durch ihren Leib liefen.

Es war explosiv und sie fühlte sich Tina so unglaublich nah.

„Ich liebe dich", schnaufte sie, das Gerät fiel ihr aus der Hand und sie schlief entspannt ein.

Alles war gut!

Ein Klopfen und Brummen holte sie wieder aus dem Schlaf. Sie setzte sich auf, rieb sich den Schlaf aus den Augen und schaltete den Massagestab ab, der im Bett neben ihr gelegen hatte.

„Svenja? Möchtest du was zum Frühstück?", fragte eine Stimme.

„Ja, Tina, Kaffee und Plätzchen", antwortete sie, noch immer halb im Traum.

„Wer ist Tina?", erkundigte sich die Stimme.

Es war Agnetha, die sie durch die Tür gefragt hatte und deren Sprache sie viel zu sehr an Tina erinnert hatte.

„Eine Frau, bei der ich gewohnt habe, als ich die Sache mit Lisa-Marie klären musste!", entgegnete sie, sprang aus dem Bett und warf sich schnell das Nachthemd über den nackten Leib.

Der Massagestab verschwand unter dem Kopfkissen und sie öffnete die Tür.

Agnetha stand mit einer Tasse vor ihr.

„Nur heiße Schokolade, kein Kaffee", erklärte sie.

„Schade, ich hätte heute einen gebraucht, bei der Arbeit, die mir neuerdings bevorsteht. Wie kommst du mit deinem Programm zurecht?", entgegnete sie, um von sich abzulenken.

„Ganz gut. Statistik funktioniert überall und mit allem, im Kopf, auf Papier oder im PC. Manchmal habe ich das Ergebnis eher, als mein grauer Rechenknecht. Das machen die Jahrhunderte der Erfahrung", antwortete Agnetha.

„Bei mir ist es schwerer! Der Computer hat kein Herz und entscheidet nach schwarz oder weiß. Da gibt es für ihn kein grau!", seufzte sie und nippte an dem zugegebenermaßen ziemlich köstlichen Getränk.

Sie schloss die Tür, ging sich waschen und dachte dabei erneut an Tina.

Schon bald würde sie wieder am Computer sitzen, aber bisher hatte sie noch nicht herausgefunden, wie sie mit dieser Kiste eine Nachricht an die Freundin schicken konnte.

Der PC brummte und vibrierte auch, aber er hatte keine Seele und kein Mitleid mit ihr, die sich nach Tina sehnte.

Nach dieser Nacht nur noch viel mehr, als zuvor!

25. Kapitel

Das Ende der Freundschaft?

Bereits seit einer Woche war Svenja jetzt fort und in der ganzen Zeit war keine einzige Nachricht von ihr bei Tina eingetroffen.

Es war Sonntag und sie hatte keine Lust, aus dem Hause zu gehen, um irgendetwas zu unternehmen.

Nur ein paar Tage zuvor hatten sie den Samstagabend noch mal so richtig einen drauf gemacht, mit anschließendem Bad in dem kleinen See, aber nach Svenjas Abflug schien auch die Natur traurig zu sein, denn es regnete seitdem jeden Tag, obwohl zuvor mehr als drei Monate kein einziger Tropfen gefallen war.

Sie stand am Fenster und blickte auf den Nieselregen vor der Scheibe.

Hier, an dieser Stelle, hatte Svenja damals an ihrem ersten Abend gestanden und auf die sommerliche Stadt hinab geschaut, doch davon war im Moment nicht mehr viel zu bemerken. Grau und trüb sah es aus und das entsprach so in etwa dem, was sie selbst tief in sich verspürte.

Es war aus!

Regentropfen draußen und Tränen hier drin.

Sie hatte aus Kummer einfach zu gar nichts mehr Lust.

Nur ein paar wundervolle Tage waren es gewesen, nicht viel mehr als zwei Wochen, und sie hatte sich unsterblich in Svenja verliebt.

Und unglücklich noch dazu, weil die Freundin und Geliebte so weit fort war, tausende Kilometer von ihr entfernt!

Ein ganzer Ozean trennte sie voneinander und das würde noch sehr, sehr lange so bleiben, denn auch wenn Svenja versprochen hatte, im nächsten Jahr wieder im Urlaub hierherzukommen, so war das noch so unendlich lange hin!

Und was konnte in mehr wie acht Monaten alles geschehen?

Svenjas verschlafenes Nest hing schon jetzt acht Stunden zurück und mit einem Blick auf die Uhr wusste Tina, dass die Freundin im Augenblick sicherlich tief und fest schlief.

Vielleicht träumte sie gerade von diesen zauberhaften Treffen und daher rührte eventuell auch dieser große Schmerz, den sie augenblicklich in sich verspürte, doch wer wusste das schon?

Das Handy auf dem Tisch klingelte und für einen Moment bat Tina darum, die Stimme der Geliebten hören zu dürfen, doch es war Klaus, der sich bei ihr meldete.

„Hallo Klaus. Was machst du so? Party?"

„Poolparty, die Regentonne steht draußen und wird voll!", antwortete der Freund seufzend.

Vielleicht konnte er sie ablenken?

„Du wolltest mir doch dein tolles neues Spiel zeigen und mich schlagen. Hättest du heute Zeit dafür?", fragte sie.

„Bei mir oder bei dir?", entgegnete er und setzte sofort hinzu: „Ich komme zu dir. Es regnet ja wie aus Eimern!"

„He! Ich bin doch nicht aus Zucker, dass ich im Regenwetter verschwinde!", erwiderte sie.

„Bei all dem, was du in letzter Zeit so isst?", antwortete er und sagte noch: „In einer halben Stunde bin ich bei dir. Bestell schon mal die Pizza!"

„Geht klar", antwortete sie, legte auf und wählte die Nummer der Pizzeria.

Damit würden Klaus und die Pizza kurz nacheinander hier eintreffen und sie eventuell von dem Kummer um Svenja abbringen.

Eine halbe Stunde später klingelte zuerst der Pizzabote, er brachte die Pizza Hawaii mit extra viel Käse, weil sie beide diese Variante liebten, und sie hatte derweil auch schon die Getränke kalt gestellt.

Keine fünf Minuten danach traf Klaus bei ihr ein und hatte eine Kiste unter dem Arm, in der sich die Spielekonsole und die Controller befanden.

„Du siehst heute ganz anders aus", stellte er fest.

„Verheult?", fragte sie.

„Nein, irgendwie anders, aber dennoch sehr gut!"

Fragend blickte sie an sich herab. Das war doch ihre ganz normale Kleidung für zu Hause. Die hatte sie auch bei den Treffen mit Klaus schon so oft getragen: Eine ausgebeulte Jogginghose und ein schlabbriges T-Shirt ihrer Lieblingsband, auf deren Konzert sie vor einigen Jahren sogar mal gewesen war.

„Also, Pizza, kaltes Bier und dann mache ich dich so richtig fertig!", erklärte sie.

„Das werden wir ja mal sehen! Glaube bloß nicht, dass ich dich gewinnen lasse! Ich baue schon mal auf und du schneidest die Pizza!", entgegnete Klaus und packte seine Kiste aus.

„Wir können das Bier auch weglassen, damit du hinterher dein Verlieren nicht auf das Bier schieben kannst", erklärte sie spöttisch, als sie wenig später mit der Pizza zum Sofa ging.

„Dich schlage ich auch nach dem vierten Bier noch!"

„Angeber", neckte sie ihn und schnappte sich den roten Controller, der eigentlich jener von Klaus war und den er normalerweise nicht aus der Hand legte.

Klaus startete das Spiel, öffnete das Bier und setzte sich zu ihr aufs Sofa.

Der Käse zog Fäden, während sie die Stücke vom Teller angelten.

„Schön heiß", sagte sie mit vollem Mund, schlang den Bissen herunter und spülte ihn mit dem Bier herunter, danach drückte sie auf den Knopf der Fernbedienung, der Bildschirm flammte auf und das Spiel begann.

Mit einer Hand spielend, mit der anderen die Pizza in den Mund schiebend begann ein ziemlich heißes Match, aber zuerst musste die Pizza verspeist werden, und daher war sie nicht wirklich bei beiden Dingen.

Aus dem Augenwinkel heraus sah sie, wie Klaus mit der heißen Pizza kämpfte. Ein Stück Käse hing aus seinem Mund heraus und er versuchte, sie nicht gewinnen zu lassen, aber er hatte keine Chance und Tomatensauce am Kinn.

Vermutlich so, wie sie auch.

„Du frisst wie ein Schwein", stellte sie lachend fest.

„Selber Schwein", entgegnete Klaus schmunzelnd, beugte sich nach vorn und nahm eine Serviette vom Tisch, mit der er sich den Mund abwischte.

Langsam nahmen die Pizza und das Bier ab und das Spiel wurde viel leidenschaftlicher gespielt.

Das lenkte so richtig schön von allem anderen ab und war genau die richtige Medizin.

Sie gewann jede Partie, vor dem Fenster setzte langsam die Dämmerung ein und das Bier wurde auch knapp.

„Soll ich nochmal welches holen gehen?", fragte er, als er die letzten beiden Flaschen aus dem Kühlschrank nahm, doch sie schüttelte den Kopf.

„Sage mal, Klaus, kann es sein, dass du mich aus Mitleid gewinnen lässt?", fragte sie ihn, um ihn zu provozieren.

„Nie im Leben! Das kommt nur daher, weil du meinen Dual Shock Controller hast!", erwiderte er, stellte das Bier auf den Tisch und begann einen realen Ringkampf mit ihr, um diesen speziellen Controller.

Etwa eine halbe Stunde später war sie wieder bei klarem Verstand, Klaus lag nackt über ihr und ihre Kleidung war wild im ganzen Raume verteilt.

„Das habe ich nicht gewollt", schnaufte er, während er sich aus ihr zurückzog und aufsetzte.

Fragend blickte sie ihn von unten her an.

„Dafür war es gar nicht mal so schlecht", erwiderte sie ihm.

Sie angelte sich das Shirt vom Boden, zog es sich über und setzte sich ohne Hose wieder normal auf das Sofa.

„Haben wir gerade unsere Freundschaft zerstört?", fragte er sie leise, während er sein Hemd unter dem Tisch hervorzog.

„Das hoffe ich doch nicht"; antwortete sie nur und überdachte diese Situation.

„Es tut mir trotzdem leid", erwiderte Klaus kleinlaut und setzte sich neben sie.

Tina blickte zu ihm hinüber und fragte: „Freundschaft plus?"

„Geht so etwas?", erkundigte sich Klaus zweifelnd.

„Möglicherweise. Es kommt auf den Versuch an. Oder? Jedenfalls habe ich noch nie jemanden getroffen, der so sehr wie ich denkt, wie du!", stellte Tina fest.

„Dann sollten wir beim nächsten Mal aber nicht wie ausgehungerte Tiere übereinander herfallen. Oder?"

„Vielleicht hattest du es nötig", entgegnete sie ihm witzelnd und erhob sich vom Sofa.

„Und du auch!", antwortete er.

„Jedenfalls habe ich gewonnen!", stellte sie fest und rannte zur Dusche.

„Gar nicht!", bemerkte Klaus und folgte ihr.

26. Kapitel

Alles anders?

Ein neuer Montag brach gerade an, Tina schlug die Augen auf und blickte zu Klaus, der im Bett neben ihr noch schlief. Der Spieleabend hatte ein ungeahntes Ende genommen, unerwartet, aber nicht unangenehm.

Wenn man so wollte, sogar recht befriedigend.

Klaus lag nackt und lang ausgestreckt auf dem Rücken, die Decke hatte er nur über seinem Unterleib und sie kam nicht umhin ihn einfach zu betrachten.

Seit Jahren hatten sie sich jeden Tag auf der Arbeit gesehen, kannten jede Regung und fast jeden Gedanken des anderen, waren mitunter im Fitnessstudio zusammen gewesen und hatten sogar beim Spiel des örtlichen Fußballclubs zusammen auf der Tribüne gesessen und sich jubelnd bei deren Sieg in den Armen gelegen, aber momentan war wohl alles anders.

Im Arm lagen sie sich gerade auch und jubeln hätte sie ebenfalls können, allerdings aus einem anderen Grund, als vor Wochen bei dem Spiel.

Diese Nacht hatte sich wirklich ausgesprochen gut angefühlt. So gut wie noch keine zuvor mit einem Mann. Klaus hatte auf ihre Bedürfnisse

Rücksicht genommen, sie gefragt, wie sie es gern hatte und was sie mochte und es war wirklich toll gewesen, aber die Frage vom Abend zuvor war soeben erneut in ihren Geist: Hatten sie damit wirklich ihre Freundschaft zerstört?

Sex unter Freunden konnte funktionieren, aber meist machte man damit die ganze Sache nur noch schwieriger, als sie es ohnehin schon war.

Und unter Arbeitskollegen war es da noch um eine Nummer schlimmer.

Wobei die letzte Nummer mit Klaus wirklich ein Fest gewesen war.

Möglicherweise kam es daher, weil sie sich so gut kannten und aufeinander eingehen konnte, doch warum hatte sie da diese Qualitäten an ihm nie zuvor bemerkt?

Sie hatte sich bei ihm vom Verlust der Freundin mit dem Computerspiel ablenken wollen, doch gerade war da auch so eine andere Idee in ihrem Kopf: Wäre Klaus der richtige Mann, für eine tiefgehende Beziehung? Als Partner, und zwar nicht nur bei der Arbeit?

Doch bevor sie sich das mit Klaus überlegen konnte, musste sie für sich selbst klären, was sie für Svenja in sich fühlte.

Es wäre dem Manne gegenüber ungerecht, wenn sie ihn nur als Notnagel benutzte, um über die Trennung hinwegzukommen, obwohl er ihr ja genau das am Abend zuvor angeboten hatte.

Sollte sie einfach nehmen, was er ihr zu bieten hatte und solange es ging? Als Ablenkung vom tiefen Kummer? In der letzten Nacht hatte es jedenfalls prima geholfen und sie hatte nicht einen Moment an Svenja gedacht.

War auch das falsch gewesen?

Tina legte sich zurück und dachte an den Beginn des Abends. Sie war vor ihm ins Bad gelaufen, aber anders als von ihr erwartet, hatte er sich ihr angeschlossen und das war zum Beginn von etwas geworden, was sie sich nicht hätte vorstellen können.

Der erste Sex auf der Couch war nichts wirklich Besonderes gewesen. Es war einfach so passiert, weil sie sich um diesen Controller gerauft hatten.

Damit hätten sie es beide auch bewenden lassen können und vielleicht war ihr schneller Lauf ins Badezimmer auch genauso gemeint, aber Klaus hatte es offensichtlich anders verstanden.

Jetzt war sie ganz froh, dass es so gekommen war und dass sie gekommen war, zuerst unter der Dusche und dann noch zweimal im Bett.

Bei anderen Männern hatte es bei ihr meist nicht mal für einen Höhepunkt gereicht, denn die waren einfach zu schnell, nicht empfindsam genug, oder nur auf ihr eigenes Wohl bedacht gewesen.

Klaus war da in vielerlei Hinsicht anders.

Hätte es diese Nacht vor Svenjas Eintreffen gegeben, sie hätte sicherlich nicht einen Gedanken daran verschwendet, was sie danach eventuell mit Svenja verpasst hätte, aber es war andersherum gekommen.

Schön und explosiv, sowohl mit Svenja, als auch mit Klaus.

Mit dem Blick zur Uhr stellte sie fest, dass sie eigentlich noch fast eine Stunde hätte schlummern können, doch an Schlaf war jetzt nicht mehr zu denken.

Zu viele völlig nutzlose Gedanken waren momentan in ihrem Kopf und die wichtigste davon war eigentlich: sollte sie sich auf Klaus einlassen oder auf Svenja warten.

Und damit war die nächste Frage, wenn sie auf Svenja warten sollte, wie lange?

Hatte die Freundin sie möglicherweise schon vergessen?

Wie anders hätte man es verstehen können, dass seit einer Woche keine Nachricht von Svenja gekommen war?

Natürlich war ihr klar, wo die Freundin lebte, aber hätte es da nicht trotzdem irgendwie die Chance für eine kleine Nachricht gegeben?

Irgendetwas? Ein Lebenszeichen? Ein Smiley oder Herz?

Nichts davon war angekommen. Seit Svenjas Abflug herrschte da völlige Funkstille!

Aber Klaus war hier!

Er lag schnarchend neben ihr im Bett und auch das war so ein Ding, denn zuvor waren die meisten Kerle einfach in der Nacht gegangen, wenn sie bekommen hatten, was sie gewollt hatten.

Er hielt sie im Arm und ließ sie einfach schlafen, obwohl sie jetzt ja wach war und abermals so viele nutzlose Gedanken im Kopf hatte.

Wozu?

Sie lag hier nackt mit einem Mann im Bett, der ihr nicht egal war. Und umgekehrt mochte es ähnlich sein, denn es war wohl nicht nur eine Gefälligkeit für Klaus gewesen.

Zu gut hatte es sich angefühlt, aber war sie schon bereit, einen Schlussstrich unter das Kapitel Svenja zu ziehen?

War es nur eine Schwärmerei für sie gewesen? Etwas Neues, was sie hatte ausprobieren wollen?

In der Woche zuvor, mit Svenja zusammen, hatte sie sich das oft insgeheim gefragt, aber nie eine Antwort bekommen.

Und jetzt stellte sie diese fabelhafte Nacht mit Klaus vor die Frage: er oder sie!

Sie war fort, er hier! Klärte das schon alles?

Eventuell konnte Klaus ihr die nötige Antwort geben?

Tina drehte sich auf die Seite und strich langsam und sanft mit den Fingerspitzen über seine Brust.

Klaus begann sich zu bewegen und öffnete danach die Augen.

„Guten Morgen, Tina. Hast du gut geschlafen?", fragte er und blickte zum Wecker.

„Wir haben noch so viel Zeit", erklärte sie auf seinen Blick hin.

„Möchtest du darüber reden?", fragte er.

Sie schüttelte den Kopf und suchte mit ihrem Mund seine Lippen. Sie sagte alles mit einem langen Kuss, den er sicherlich nicht missverstehen konnte.

Mit sanftem Druck rollte er sie auf den Rücken und schob sich über sie.

„Vor der Arbeit noch mal fliegen, dann duschen und Frühstück?", erkundigte er sich.

„Frag nicht so blöd", gab sie ihm zurück, bevor sie aufstöhnte, weil er unvermittelt in sie drang.

Kein Vorspiel, dieses Mal, aber dennoch schön. Er wusste einfach instinktiv, was sie wollte!

27. Kapitel

Auf der falschen Liste?

Sie tanzte glücklich durch den Gang zu ihrem Büro, denn sie hatte endlich eine Möglichkeit zur Kommunikation mit Tina gefunden.

Tage hatte es gedauert, aber Agnethas Rechner war der einzige weit und breit, der mit der Außenwelt verbunden war, weil die andere Elfe Daten von draußen für ihre statistischen Erhebungen brauchte.

Und es hatte dann noch einmal eine geraume Weile und ziemlich viel List und Tücke gebraucht, um Agnetha aus ihrem Büro zu locken, damit sie schnell eine Nachricht an Tina senden konnte.

Doch das hatte einfach so gut getan, wie der batteriebetriebene Stab, der ihr jetzt schon einige Nächte versüßt hatte.

Strom gab es zwar nur im Haupthaus, aber die Batterien hielten eine ansehnliche Weile durch und Ronja hatte in Unkenntnis der wirklichen Verwendung eine große Packung davon besorgt.

Und die Erinnerungen an Tina und deren Zärtlichkeiten machten dann den Rest.

Jetzt hatte Tina zumindest die erste Nachricht erhalten und bei Gelegenheit würde sie dann prüfen, ob die ferne Freundin ihr geantwortet hatte.

„Du strahlst ja so", bemerkte Ronja, als sie an ihr vorbeihüpfte.

„Ja, ich komme mit meinen Listen gut voran und Agnethas heiße Schokolade ist wirklich eine Wucht!"

„Besser als meine?", fragte die ältere Freundin.

„Nicht besser, aber anders. Agnetha hat mir gesagt, sie macht die nach einem alten und geheimen Familienrezept. Hier koste mal", antwortete Svenja und hielt ihr die Tasse hin.

Ronja nippte daran und machte: „Mmmm. Stimmt, die ist wirklich lecker. Und deine Arbeit?"

„Ich stürze mich jetzt wieder darauf, aber es geht gut voran!", erklärte sie und öffnete die Tür ihres mit Büchern gepflasterten Büros.

„Das sieht aber nicht so aus!", bemerkte Ronja und setzte dann hinzu: „Es grenzt ja schon fast an ein Wunder, dass du da in diesem Durcheinander überhaupt etwas findest!"

„Weihnachten ist doch die Zeit der Wunder", lachte Svenja.

Ronja hob ermahnend den Zeigefinger, Svenja nickte und verschwand in ihrem Arbeitszimmer.

Stunden später öffnete Ronja die Tür und blickte zu ihr herein.

„Alles gut! Ich habe schon wieder einiges geschafft. Heute ist ein wirklich guter Tag", erklärte Svenja und zeigte auf den Monitor.

„Aber es ist noch eine Menge zu tun!", ermahnte Ronja sie und kam vorsichtig in den Raum herein, wobei sie es sorgfältig vermied, eines der offenen Bücher zu berühren und das war für sie gar nicht so einfach.

Gespannt blickte Svenja zu Ronja auf, denn die tat sich diesen Hindernislauf doch sicherlich nicht unnötig an. Sie hätte ja auch draußen bleiben können.

„Du, Svenja, nächsten Januar steht ja wieder die Paarungszeit an. Soll ich dich auf die Liste setzen? Agnetha würde diesmal auch mitgehen?", erkundigte sich Ronja.

„Kann ich mir das noch eine Weile überlegen?", erwiderte sie.

Ronja nickte ihr zu, legte ihr die Hand auf die Schulter und dann ging sie wieder.

Grübelnd blickte sie Ronja nach.

Wollte sie das wirklich? Die Beschreibungen der älteren Freundin sausten abermals durch ihren Kopf.

Und warum wollte Agnetha da auch hin?

Die Arbeit war vergessen, denn jetzt musste sie erst einmal wissen, warum Agnetha sich das antun wollte, denn die nur ein paar Jahrzehnte ältere Elfe hatte doch dieselben Geschichten von Ronja gehört und sich dennoch dazu entschlossen, dieses möglicherweise schmerzhafte Ritual auf sich zu nehmen.

Svenja verließ ihren Arbeitsplatz, ging mit der Tasse über den Flur, klopfte an der Tür und betrat Agnethas Büro.

„Möchtest du noch eine Schokolade?", fragte Agnetha und zeigte auf das Gefäß in ihrer Hand.

Sie nickte und danach gingen sie zur Küche, wo die andere Elfe zwei Tassen von dem heißen Getränk vorbereitete.

„Du, Agnetha", begann sie und fragte sich selbst in Gedanken, wie sie das Gespräch fortsetzen konnte, denn das Thema war ja schon etwas delikat.

„Ja?", erwiderte Agnetha, als sie offenbar eine Weile zu lange dafür brauchte.

„Willst du da wirklich im Januar mitmachen?"

„Ja!"

„Aber hast du da keine Angst, bei all dem, was Ronja uns davon erzählt hat?"

„Nein. Warum sollte ich? Ich glaube, Ronja hat da auch etwas übertrieben!", erklärte Agnetha und goss die Tassen voll.

„Übertrieben? Und was, wenn nicht?", erwiderte Svenja und setzte fort: „Da bist du dann in dem Raum eingeschlossen, wenn du dich auf das Ritual einlässt, und dann gibt es kein Zurück mehr, bis es zu Ende ist! Du bekommst jemanden zugelost, den du nicht kennst und musst dich seinen Wünschen fügen!"

„Das muss aber so sein, wenn ich ein Kind haben möchte", antwortete Agnetha.

„Ich finde das falsch! Da sollte es doch so etwas wie Zuneigung und Verständnis geben. Meinst du nicht auch? Tina hat mir erzählt, dass sie schon mal einen Mann aus ihrer Wohnung geworfen hat, weil der frech geworden ist. Diese Wahl hast du da nicht!"

„Tina, Tina, Tina! Das ist doch alles unlogische Sentimentalität! Du warst zu lange bei den Menschen! Unterwerfe dich einfach dem Ritual, wie es sich für eine Elfe gehört!"

„Was ist, wenn Ronja doch die Wahrheit gesagt hat? Ich möchte so etwas wie sie nicht erleben müssen!", seufzte Svenja.

„Sie hat das bestimmt in ihrer Erzählung nur aufgebauscht! Warum hätte sie sich sonst auch auf die Liste geschrieben?", erwiderte Agnetha und zeigte zur Wand, wo das Papier hing.

Mit der Tasse trat Svenja zur Tafel und sah Ronjas Namen unter dem von Agnetha.

Was hatte das zu bedeuten?

Sie hielt es immer noch für falsch, aber sie grübelte vor der Liste. Wer hatte recht? Tina, Agnetha oder Ronja?

Sollte sie sich dazuschreiben? Der Stift hing daneben, aber wenn das Los erst mal entschieden hatte, dann gab es keine Umkehr mehr!

Noch immer fand sie diese blinde Lotterie der Partner seltsam. Ein Kind zu haben, das wäre schon schön, aber sie zögerte noch.

Was hätte Tina wohl gemacht?

Grübelnd ging sie in ihr Büro zurück und versäumte dabei sogar die Gelegenheit, in Agnethas PC zu schauen, ob die Freundin geantwortet hatte.

Vielleicht sollte sie Tina einen Brief schreiben?

Zettel und Stift lagen auf ihrem Schreibtisch, aber die Worte fielen ihr nicht ein.

Die eigentlich viel wichtigere Arbeit blieb liegen und Svenja kaute auf dem Stift herum.

Es musste doch eine andere Lösung geben, als nackt in einen Raum gehen zu müssen und erst wieder hinaus zu dürfen, wenn es vorbei war.

Der Sinn dieses Rituals wollte ihr gerade nicht in den Kopf.

Hatte das jemals einer hinterfragt?

In all den tausenden Jahren musste es doch schon mal eine Elfe gegeben haben, die sich da nicht unterwerfen wollte! Oder war sie wirklich die Erste, die darüber nachgrübelte?

Vielleicht brauchte sie nur mehr Informationen. Bloß von wem? Ronjas Geschichten kannte sie ja bereits.

28. Kapitel

Und wieder von vorn ...

*E*s war gerade Feierabend, Tina hatte sich umgezogen und wollte mit Klaus noch in die Kneipe nebenan auf ein Bier ausgehen, das piepste das Handy. Eine Nachricht von Svenja war eingetroffen, nicht viele Zeichen, aber mit dem Satz »Ich liebe dich« am Ende!

Mehr als eine Woche war nicht eine Mitteilung von der Freundin gekommen, dann hatte sie sich, nach dieser wundervollen Nacht und dem stürmischen Morgen mit Klaus, an diesem Tage dazu durchgerungen, Svenja als Flirt und Spinnerei abzutun, und dann änderten zehn Zeilen auch schon wieder alles, denn ihr Herz klopfte gerade wie verrückt.

„Svenja?", fragte Klaus von der Seite.

Das war wohl bei ihrem sicher gerade sehr glücklichen Gesichtsausdruck nicht zu verleugnen.

Sie nickte nur und schob das Telefon in die Hosentasche.

„Gehen wir trotzdem, oder deswegen einen saufen?", erkundigte sich Klaus und hielt ihr die Tür auf.

Das war so ziemlich bezeichnend für ihre Beziehung zueinander. Sie kannten sich beide so gut, dass jeder die Gedankengänge des anderen nachvollziehen konnte.

„Beides!", entgegnete sie und nahm die Handtasche auf.

Gemeinsam verließen sie die Firma, gingen über die Straße und setzten sich bei Fred an die Bar.

„Wie immer?", fragte der Wirt.

Sie nickten und es war alles wie immer, oder alles ganz anders?

Sie hatte diese Nacht mit Klaus wirklich genossen und seine Bemühungen waren ihr freudig in Mark und Bein gefahren, aber Svenjas Botschaft hatte ihr Herz erbeben lassen.

Bei Klaus war ihr Körper auf seine Kosten gekommen, aber ein Satz von Svenja ließ ihre Seele fliegen.

„So viele Gedanken?", erkundigte sich Klaus und stieß mit ihr an.

Sie brauchten kein Wort mehr, ein Blick und ein Stirnrunzeln reichte offenbar völlig aus.

Dennoch wollte sie Klaus ihre Gedankengänge erläutern, denn es ging ja auch irgendwie um ihn, aber war Freds Bar der richtige Ort, um über intime Angelegenheiten zu reden?

Tina blickte sich um. Sie war hier drin die einzige Frau und das war meist so. Nur bei der letzten Fußball-WM waren hier auch ein paar andere Frauen in diesem Lokal gewesen, weil

Fred damals einen riesigen Bildschirm an die Wand geschraubt hatte.

Das hier war so eher der Platz der Männer, der Kerle, und irgendwie war sie in Gegenwart von Klaus wohl auch einer.

Da war also wieder diese Diskrepanz in ihr, dass sie sich am Tage wie Kumpel ansahen und nachts ziemlich stürmisch miteinander das Laken zerwühlt hatten.

Oder war es nur ein einmaliger Ausrutscher gewesen?

Die Abendstunden brachten eine Menge Männer in die Schänke, es wurde langsam voll und damit war es jetzt noch viel weniger der richtige Platz für ein Gespräch. Für ein Bier unter Freunden schon, aber sonst?

Mit einem Wort über Gefühle würde sie hier wohl nur Spöttelei, Häme oder anzügliche Zoten ernten.

Nur nebenan beim Billardtisch war noch alles frei, weil die Kerle sich erst mal einen ordentlichen Pegel antrinken mussten. Später würden sie dann auch dort drüben sein.

„Wollen wir ein paar Stöße machen?", fragte sie und zeigte auf die offenstehende Tür.

Seine spöttisch hochgezogenen Mundwinkel ließen sie den soeben gesagten Satz noch einmal überdenken.

Bis zum Tage zuvor hätte diese Aussage völlig unverfänglich unter Kumpels geklungen, jetzt biss sie sich auf die Lippe, weil sie die Doppeldeutigkeit ihrer Worte realisierte.

Es hatte sich mehr geändert, als sie bislang geglaubt hatte, viel mehr!

Klaus sagte allerdings nichts, er erhob sich einfach von seinem Platz.

Sie nickten Fred zu, nahmen die Biergläser mit und gingen nach nebenan.

Das Stimmgewirr blieb in dem anderen Raum, obwohl die Tür ja offen stand.

So oft hatte sie hier schon die Abende bei einem Spiel verbracht, aber im Moment stand ihr eigentlich mehr der Sinn nach einem Gespräch, als danach, die Kugeln ins Loch zu bringen.

Mit dem Billardqueue in der Hand standen sie am Tisch, Klaus baute die Kugeln auf und ließ ihr den Vortritt, aber eigentlich wollte sie ja nicht spielen, nur reden.

„He, zwischen uns hat sich nichts geändert. Wir bleiben Freunde!", sagte Klaus, als er zu ihr trat.

„Das hoffe ich, denn ich will dich nicht verlieren", seufzte sie, beugte sich über die Tischkante und schubste die weiße Kugel über den Filz, aber keine einzige Kugel verschwand im Loch.

Klaus zog fragend die Augenbrauen hoch.

„Ach, Mist, ich weiß halt auch nicht, was mit mir los ist!", stieß sie aus.

„Du lässt mich aber heute nicht absichtlich gewinnen. Oder?", witzelte er und brachte sich in Position.

„Nein, aber ich bin völlig durch den Wind. Gerade hatte ich mit Svenja abgeschlossen, da schreibt sie mir. Und was ist jetzt mit uns? Freundschaft plus? Kann das funktionieren?", brach es aus ihr heraus.

„Das kann ich dir auch nicht sagen. Ich weiß nur, dass die letzte Nacht wirklich sehr schön war und wenn du mich brauchst, zum Reden, fürs Spiel oder sonst etwas, dann bin ich für dich da", entgegnete Klaus und versenkte fünf Kugeln mit dem ersten Stoß.

„Für mich war es auch sehr schön, aber was wird, wenn du eine andere Frau findest?", seufzte sie.

„Ach, weißt du was, Tina, ich gehe mit großen Schritten auf die vierzig zu. Ich habe dieses ewige herumjagen satt. Das fand ich toll, als ich noch zwanzig war. Aber vielleicht kaufe ich mir ein Motorrad und so eine schicke Lederjacke, dann kommen die Weiber vielleicht von selbst auf mich zu. Wer weiß!", antwortete Klaus, zwinkerte ihr zu und schob die nächsten fünf Kugeln in die Taschen des Poolbillards.

„Du? Motorrad? Das kann ich mir bei dir nicht vorstellen!"

„Warts ab! Ich bin früher mit meiner Maschine ein richtiger Frauenschwarm gewesen. Da haben sich die Mädels um mich gerissen!", gab er ihr lachend zurück.

„Ja, da warst du vierzehn und der erste aus deiner Klasse, der ein Moped hatte. Das hattest du mir schon erzählt", entgegnete sie.

„Vielleicht sollte alles von vorn beginnen. Ich war damals so unbekümmert, frei und glücklich. Ich habe mir keine Sorgen um irgendwas gemacht. Das war toll!", seufzte Klaus und räumte mit dem letzten Stoß ab.

„Alles von vorn? Manches lässt sich nicht rückgängig machen", erwiderte sie.

„Und das ist mitunter ganz gut so", erklärte Klaus und trank sein Bier aus.

„Allerdings würde ich gern die letzte Nacht wiederholen", seufzte sie.

„Wann immer du es möchtest", antwortete er und lächelte sie an.

„Heute?", fragte sie zurück.

„Und was ist mit Svenja?"

„Die ist viel zu weit entfernt", entgegnete sie und blickte auf ihr Handy.

Eine für die Seele und einen für den Leib?

War das falsch?

Sie zahlten und gingen aus der Bar.

Auf der Arbeit waren sie Kollegen, in der Bar Kumpel, auf der Straße Freunde und in ihrer Wohnung? Zwei Liebende?

29. Kapitel

Neue Zweifel und Ängste

$\mathcal{M}$ittlerweile war es September geworden und die heißen Tage des Sommers lagen zum Glück weit hinter ihr.

Aber andere Sorgen, als die Hitze, umwölkten gerade ihren Kopf, denn sie saß auf der Toilette in ihrer Firma und starrte ungläubig auf die Anzeige.

Der Test sagte eindeutig ‚schwanger' und sie konnte sich das nicht erklären.

Seit Jahren nahm sie die Antibabypille und bisher war nie irgendetwas passiert, obwohl sie es mitunter ziemlich toll getrieben hatte, aber jetzt, wo sie eigentlich etwas ruhiger wurde, war es dennoch geschehen.

Zumindest wenn der Test nicht log, doch das wäre wohl nicht sehr wahrscheinlich.

Ihre Frauenärztin hatte ihr vor einem Jahr noch gesagt, dass die Pille eigentlich sehr sicher war. Von tausend Frauen, die mit der Pille verhüteten, wurden innerhalb eines Jahres nur drei schwanger.

Und offenbar war sie wohl eine von den dreien.

Warum hatte sie da eigentlich ständig Pech im Lotto?

Sie hätte an den Samstagen lieber ein zusätzliches Los spielen sollen, als die Wochenenden mit Klaus zu verbringen, denn es war mehr als anzunehmen, dass er der Erzeuger dieser Aufschrift war. Oder zumindest der Verursacher.

Und es konnte nur Klaus sein, denn seit Monaten hatte sie nur mit ihm und Svenja geschlafen!

Damit zerbrach das sauber eingefädelte Arrangement zwischen ihnen aber auch schon wieder, denn der unverbindliche Sex unter Freunden war damit vorbei.

Es war einfach wie verhext. Immer dann, wenn sie sich auf dieses Abkommen mit ihm voll und ganz eingelassen hatte, kam irgendetwas dazwischen, was sie wieder umdenken ließ.

Zuerst hatte sie nach der wilden Nacht mit ihm und als sie sich schon fast auf ihn als Partner eingelassen hatte, wieder eine Verbindung mit Svenja eingenommen, danach waren sie zusammen um die Häuser gezogen und hatten so manche Nacht durchtanzt, wenn sie nicht im Bett gelandet waren und jetzt hielt sie das Resultat dieser leidenschaftlichen Zusammenkünfte in der Hand.

Sie war jetzt fast dreißig und die Wahrscheinlichkeit da, mit Pille, überhaupt schwanger werden zu können, war so gering, dass es praktisch unmöglich war.

Und dennoch hatte es geklappt.

War sie jetzt froh darüber?

Irgendwie schon, denn mit diesem Thema hatte sie eigentlich schon abgeschlossen.

Jahrelang hatte sie die Clubs der Stadt unsicher gemacht, um den richtigen Partner für sich aufzuspüren und nie war sie fündig geworden.

Und was kam jetzt?

Zumindest musste sie es erst einmal selbst verdauen und danach Klaus darüber informieren.

Die Mittagspause endete, sie musste den Raum verlassen und damit würde sie in ein paar Minuten wieder mit ihrem Kollegen zusammentreffen.

Grübeln ging sie über den Flur.

Die wichtigste Frage war ja eigentlich zuerst einmal, ob sie das Kind haben wollte, oder nicht. Daran orientierte sich danach alles andere, aber selbst diese simple Fragestellung war so unglaublich schwer, weil sie unendlich viele Themen wie einen Rattenschwanz hinter sich her zog.

Es wäre wohl, in Anbetracht der Umstände, vermutlich die letzte Möglichkeit in ihrem Leben, schwanger zu werden und ein Kind zu bekommen.

Ihre Mutter war mit 35 in die Wechseljahre gekommen, möglich, dass es bei ihr genauso war. Und mit jedem weiteren Jahr wurde es selbst ohne vorzeitige Wechseljahre nur noch schwieriger.

Also musste sie in den nächsten Wochen eine Entscheidung treffen, die ziemlich weitreichende Konsequenzen haben konnte.

Alleine mit Kind war die Arbeit nicht zu schaffen und entschied sie sich also für das Kind, so würde sie definitiv Hilfe brauchen.

Sie hatte hier kaum Freundinnen und die Familie lebte hunderte Kilometer von ihr entfernt. Da konnte keiner schnell mal als Babysitter einspringen, oder das Kind vom Kindergarten abholen. Es wäre ziemlich schwierig und daher blieb nur Klaus übrig.

Damit würde er, egal wie auch immer sie zu ihm stehen würde, ein fester Teil ihres Lebens werden. Und zwar nicht nur als Freund, sondern vor allem als Vater ihres Kindes.

Doch was wurde dann mit ihr und Svenja?

War diese Liebe stark genug, zusätzlich zur Entfernung, auch noch eine andere Beziehung neben sich zu tolerieren?

Alleine bei dem Gedanken, Svenja zu verlieren, zog es ihr das Herz zusammen und dabei führten sie doch nur eine Fernbeziehung.

Mit maximal einer Nachricht aller paar Tage.

Schlief das irgendwann ein, wie die Brieffreundschaft zu Trixie, die sie in der Schule gehabt hatte?

Möglicherweise!

„Ach, Mist!", stöhnte sie auf.

„Was ist? Du siehst so blass aus. Geht es dir gut?", erkundigte sich Klaus im Büro, als sie durch die Tür trat.

„Ich habe wohl was Falsches gegessen", log sie ihn an.

„Wir hatten doch dasselbe", entgegnete er, was wohl ziemlich zutreffend war, denn sie hatten die Nacht zusammen verbracht, miteinander gefrühstückt und auch das Mittagessen in der Kantine gemeinsam eingenommen, bevor sie schnell in die Apotheke gegangen war, um den Test zu holen.

„Du brütest doch hoffentlich nichts aus?", erkundigte sich Klaus sichtlich besorgt.

Sie winkte nur ab und dachte sich: „Wenn du wüsstest!"

Zumindest fühlte sich seine Fürsorge schon mal sehr gut an und sie hatten in den ganzen Jahren immer einen guten Draht miteinander gesponnen.

Die Nächte mit ihm waren der Wahnsinn und im Allgemeinen wäre er schon der perfekte Vater.

Aber wollte er das?

Jedenfalls würde sie zuerst ergründen müssen, wie Klaus zu Kindern stand, bevor sie ihn damit überfuhr.

Doch wenn sie ihm jetzt diese Frage stellte, würde er einfach alles zusammenzählen und wissen, was sie von ihm wollte.

Es war schon eine schwere Bürde, dass sie sich so blind verstanden. Einerseits ein Segen, aber in diesem Falle ein Fluch!

Und sie brauchte ihm gegenüber jetzt auch nicht irgendwas behaupten, wie: „Meine Freundin bekommt ein Kind!", denn Klaus wusste viel zu gut, dass sie keine Freundin im gebärfähigen Alter hatte.

Nur Svenja!

„Lege dich am besten mal eine Stunde hin. Du bist weiß, wie eine frisch gekalkte Hauswand!", erklärte Klaus, schob die Stühle zur Seite und breitete für sie eine Decke auf dem Boden aus.

„Vielleicht nur einen Moment", entgegnete sie ihm.

Seine Sorge um ihren Zustand fegte ein paar der Zweifel zur Seite, die Ängste blieben aber.

Aus der Zimmerecke hatte sie ihn im Blick. Er machte jetzt gerade die Arbeit für sie mit und warf aller paar Minuten einen Blick zu ihr herüber, ob sie noch etwas brauchten würde.

Sie würde ihn brauchen, mindestens noch für die nächsten 18 Jahre! Und Svenja?

Eine Beziehung zu dritt? Ging das? Oder würde alles unter ihren Händen zerbrechen?

Freundschaft und Liebe?

30. Kapitel

Am falschen Ort?

Mehrmals am Tag musste sie an der seltsamen Liste vorbei und immer mehr Namen standen darauf. Nur ihrer fehlte weiterhin und dass Tina ihr geschrieben hatte, dass sie jetzt schwanger war, machte die Sache für sie auch nicht einfacher.

Niemand drängte sie dazu und dennoch fühlte es sich durch dieses Verzeichnis an der Küchenwand immer so an, als wäre damit ein Finger auf sie gerichtet und die Frage im Raum: Was ist mit dir?

Sie war unschlüssig und wusste nicht, was sie machen sollte und hier war nur Ronja, die sich jemals diesem Ritus unterzogen hatte.

Alle anderen würden das im nächsten Jahr zum ersten Mal auf sich nehmen.

Doch wenn es ein Ritual war, dann bedeutete das doch eigentlich auch, dass es dafür Regeln gab, wonach es abzulaufen hatte und was dabei geschah.

Wer konnte es ihr erklären, dass sie nicht blind und leichtgläubig in ihr Verderben lief, wie sie es von Agnetha und all den anderen annahm?

Oder täuschte sie sich nur und ihre Angst davor war völlig unbegründet?

Ronjas Geschichte kannte sie zur Genüge, aber es musste doch noch eine weitere Elfe geben, die sie dazu befragen konnte.

Oder war es möglicherweise anrüchig und verboten, solche intimen Fragen zu stellen?

Es schien fast so und das machte es für sie nur noch schwerer, denn es wurde mittlerweile zu so einer Art von Gruppenzwang.

Mit ihrer Unterschrift hatte Ronja möglicherweise einen Sog ausgelöst, dass sich alle Elfen hier dafür einschrieben, denn wen sie teilnahm, dann gab es nichts mehr zu befürchten.

Oder doch?

Wer konnte ihr die Spielregeln erklären?

Und konnte man es wirklich nicht mehr vermeiden, wenn man erst einmal einen Mann zugelost bekommen hatte, den man danach nie wieder sah?

Ihre tägliche Arbeit litt schon darunter und Santa brauchte doch seine Listen.

Es wurde Zeit für eine Entscheidung. Dafür oder dagegen und dazu brauchte sie einfach mehr Informationen. Nur wo waren diese zu finden?

Eigentlich blieb da nur die alte und weise Elfe Tusnelda übrig. Sie war so alt, dass niemand genau wusste, wie alt sie wirklich war.

Tusnelda kannte alles, aber sie war auch Mitglied im hohen Rat der Elfen und eine unerlaubte Frage an sie konnte daher sogar gefährlich sein, aber die Neugier zwang sie jetzt förmlich, diesen zu dieser Jahreszeit doch schon etwas beschwerlichen Weg anzutreten, denn Tusnelda wohnte am anderen Ende der Siedlung, die auch noch eine ganze Strecke vom Hauptquartier und damit von ihrem Wohnhaus entfernt lag.

Das war ein Pfad, der schon im Sommer mühsam war, doch jetzt war es draußen dunkel und bitterkalt.

Dennoch machte sie sich auf den Weg und stapfte durch den Schnee.

Der Frost zwackte ihr in die Nase und das, wo sie doch Kälte normalerweise gewohnt war, aber diese Tage der Finsternis waren hier oben am Polarkreis einfach nur schrecklich.

Völlig verfroren erreichte sie schließlich das einzeln stehende Haus, in dem die alte Elfe mit einer Zofe wohnte.

Die junge Frau öffnete ihr, nahm ihr den Mantel ab und geleitete sie zu Tusnelda in eine gemütlich eingerichtete und warme Kammer, in der die steinalte Elfe in einem Schaukelstuhl am Kamin saß.

„Guten Tag, Tusnelda", begann Svenja nach einer höflichen Verbeugung.

Gütige und wache Augen musterten sie, dann zeigte Tusnelda wortlos auf einen Stuhl vor ihr und Svenja setzte sich.

„Möchtest du eine heiße Schokolade?", erkundigte sich die Zofe bei ihr.

„Ja, danke, gern", antwortete sie.

„Was möchtest du?", fragte Tusnelda sie als Nächstes, mit einer wohlklingenden, aber schwachen Stimme.

Wo fing man da an, ohne die alte Frau zu brüskieren? Die Angelegenheit war ja unter Elfen doch etwas heikel?

Die Schokolade kam und war wirklich ein Gedicht.

Nach dem ersten Schluck nahm sie all ihren Mut zusammen und fragte: „Ich würde gern wissen, was dieses Ritual im Januar beinhaltet und welche Regeln es dafür gibt."

„Madeline, bring mir mal das dicke Buch der Gebräuche", sagte Tusnelda, schickte damit ihre Zofe aus dem Raum und erklärte danach: „Du bist die erste, seit fast tausend Jahren, die mich danach fragt!"

Alle anderen Elfen hatten es einfach so hingenommen, ohne zu wissen, was geschah?

Ihre Anfrage kam ihr jetzt noch peinlicher vor, aber Tusnelda hatte ja keinen Einwand dagegen gehabt.

Madeline brachte ein ziemlich dickes und offenbar auch schon sehr altes Buch, Tusnelda schlug es auf, suchte die richtige Seite und reichte es ihr danach.

Jetzt konnte sie alle Informationen und Regeln einsehen und das gelesene behagte ihr nicht wirklich.

Offenbar bemerkte das auch Tusnelda, denn sie sagte: „So besorgt?"

„Irgendwie schon", entgegnete sie und klappte das Buch zu.

„Warum tut da niemand etwas dagegen?", fragte sie.

Tusnelda seufzte und nahm das Buch von ihr entgegen, aber sie sagte nichts und daher bohrte Svenja etwas nach: „Also ich gehe nackt in einen Raum, unterwerfe mich willenlos einem mir unbekannten Mann und muss alles erdulden, was seiner Meinung nach für die Zeugung eines Kindes notwendig ist. Ohne Widerspruch und so lange, wie er meint, dass es dauert?"

„So sind die Regeln, aber du bist beim Betreten nicht nackt!", erwiderte Tusnelda und gab ihrer Zofe das Buch.

„Stimmt, ich trage beim Eintreten eine Toga, aber vermutlich nur etwa zehn Sekunden lang!", seufzte Svenja.

„Weißt du, mein Kind, seit ich vor fast tausend Jahren dieses Amt übernommen habe, kämpfe ich dagegen an, doch meine Stimme steht im Rat alleine gegen die von neun Männern!"

„Ich muss mich also dem Ritual unterwerfen!", stöhnte Svenja.

„Nein, das musst du nicht. Du kannst es ablehnen und dich nicht auf die Liste setzen lassen, oder dem Los vertrauen, dass es dir einen vernünftigen und verständnisvollen Mann gibt!"

Tina spielte seit Jahren Lotto und hatte bisher nur Nieten gezogen!

Allerdings war sie jetzt schwanger und vermutlich aus eigenem Willen heraus, ohne so ein blödes Ritual, doch wenn sie all das Tusnelda gegenüber erwähnen würde, dann gab sie ihren Ausflug und damit die Erlebnisse bei Tina, einem Mitglied des hohen Rates preis.

Das barg einen ziemlichen Sprengstoff in sich, aber wenn sie irgendwann mal ein Kind haben wollte, dann würde das nur in diesem verdammten Ritual passieren können.

Bei den Menschen und Tina war alles so viel einfacher, da konnten auch die Frauen mit entscheiden.

Warum ging das hier nicht?

Wegen der neun männlichen Elfen im Rat, die alles blockierten!

Es wäre eine Revolution der Elfen nötig, um das zu kippen!

„Ich bin am falschen Ort!", seufzte sie, verabschiedete sich von Tusnelda und rannte durch die Finsternis ihrer Wohnung entgegen.

31. Kapitel

Mit Herz und Hirn!

Der Oktober hatte noch ein paar schöne Tage gebracht, doch jetzt, mit dem Beginn des Novembers, waren die angenehmen Zeiten dahin.

Abermals stand Tina am Fenster ihrer Wohnung und blickte auf die Stadt hinaus.

Sie war jetzt in der zwölften Woche schwanger und hatte sich für das Kind entschieden.

Mit Klaus hatte sie geredet, er wollte ein guter Vater werden und auch Svenja hatte wohl irgendwie akzeptiert, dass sie ein Baby bekam.

Nach der Rechnung musste es genau in jener ersten Nacht geschehen sein, in der sie Klaus beim Spiel geschlagen hatte.

An jenem Sonntag also, an dem er sie eigentlich nur über Svenjas Abschied hinwegtrösten wollte, doch die Natur hatte es wohl anders gewollt und man sollte der Entscheidung des Schicksals nicht im Wege stehen.

Zumindest war sie damit über das erste Drittel der Schwangerschaft hinweg und nach den anfänglichen Sorgen und Nöten sogar etwas erleichtert, weil es bisher so gut gegangen war.

Keine morgendliche Übelkeit, keine Krämpfe, keine unnötigen Fressattacken mit Gurken in Vanillesoße, nichts von all dem, was andere Frauen in der Schwangerschaft so alles erleben konnten.

Es ging ihr gut, sehr gut sogar, denn Klaus erfüllte ihr fast jeden Wunsch. Nur einen konnte er ihr nicht erfüllen: Svenja war noch immer fern. Und der Schriftwechsel mit der Geliebten umfasste oft nur kurze Nachrichten.

Durch die Zeitverschiebung waren sie praktisch nur am Sonntag zum selben Zeitpunkt zu Hause, wobei Svenja jetzt, mit dem Beginn des Novembers, nach ihrer Aussage rund um die Uhr arbeiten musste.

Schon zuvor war die Freundin in Kanada auf ihrer Arbeit gewesen, wenn sie hier endlich Feierabend hatte.

Acht Stunden Unterschied machten schon eine Menge aus.

Hier war es jetzt fast Mitternacht und bei Svenja wäre sonst gerade die Arbeit zu Ende gegangen. Das wäre der Moment gewesen, wo sie sich kurz hätten unterhalten können, ohne das Weihnachtsgeschäft!

Das zerrte ganz schön an den Nerven.

Und irgendwie auch an der Liebe!

Seufzend blickte Tina über die Schulter zum Handy, das auf dem Tisch hinter ihr lag, doch kein Pieps kündete von einer Nachricht. Nichts, was jetzt eventuell ihr Herz erfreut hätte.

Klaus war für ihren Körper gut, aber sie brauchte auch etwas fürs Herz! Gerade jetzt, wo die Hormone verrücktspielten.

Die Zeit der Partys war auch vorbei und damit fiel auch das als Ablenkung aus.

Sonst wäre sie, an einem Freitagabend wie heute, gerade aufgebrochen, um die Nacht durchzumachen oder sich irgendeinen Kerl aufzureißen, der es dann doch nicht brachte.

Mit Klaus war alles ganz anders, aber die Freundschaft hielt. Freundschaft Plus konnte also doch funktionieren und in Zukunft würde das Ganze zwangsläufig nur noch enger werden.

Seine Familie wohnte in einem Dorf, nicht weit vor der Stadt und seine Mutter freute sich schon auf das erste Enkelkind, wobei die alte Dame nicht wirklich sehr erfreut über diese Art von Dreierkonstellation war.

Aber dieses intime Zusammentreffen von Mann, Frau und Frau war wohl allen schwer zu vermitteln, zumindest außerhalb eines Swingerklubs!

„Svenja, du fehlst mir so unendlich", seufzte sie, legte sie Stirn an das kalte Glas und blickte abermals hinaus.

Mittlerweile liebte sie diesen Platz ganz besonders, weil es jener Ort war, an dem Svenja damals gestanden hatte. Das war inzwischen mehr als ein viertel Jahr her und dennoch hatte sie noch immer dieses Bild der griechischen Göttin im Kopf, die nackt hier am Fenster gestanden und auf die quirlige Stadt hinuntergeschaut hatte.

Das war jetzt alles vorbei.

Svenja war fort und die Stadt unter ihr zeigte sich nur noch schmutzig grau, dunkel und trist.

Stöhnend trat sie vom Fenster zurück, nahm das Mobiltelefon vom Tisch und ließ sich auf das Sofa fallen.

Sie hatte damals schon damit gehadert, dass sie einfach so aufgebrochen war. Wenn Svenja hier irgendwo im Lande gewesen wäre, dann hätten sie jetzt vielleicht die ganze Nacht geschrieben, oder sich am Wochenende einfach irgendwo in der Mitte getroffen, wie es so viele mit einer Fernbeziehung taten, aber in Kanada, in dem winzigen Nest, in dem Svenja lebte, gab es kein Handy, ein einziges Internetcafé im Nachbarort und sonst nur Brief und Postkarten.

Einer davon lag noch auf dem Tisch. Es war ein ziemlich langer Liebesbrief von Svenja, den die Freundin ihr vor ein paar Wochen geschickt hatte. Liebe und handschriftliche Zeilen. Wer tat so etwas heute eigentlich noch?

Sie nahm das Blatt vom Tisch, las es noch einmal durch, obwohl sie den Text mittlerweile schon auswendig kannte, und zog ihn dann an ihre Brust.

Svenja war das Glück ihres Lebens und es schmerzte gerade so unendlich, dass sie so weit entfernt von ihr war.

Und es würde auch noch Monate dauern, bis die Freundin wieder hier sein konnte, denn einen Flug über den Atlantik bekam man nun einmal nicht für 19 Euro.

Es klingelte an der Tür und Tina blickte zur Uhr. Es ging auf ein Uhr in der Früh!

Wer war das denn mitten in der Nacht?

Neugierig stemmte sie sich von der Couch hoch, ging zur Tür und nahm den Hörer der Sprechanlage ab.

„Brauchst du noch was?", fragte Klaus von unten.

„Ja, komm hoch", antwortete sie.

Svenja würde er ihr wohl kaum mitbringen können, aber ein wenig Gesellschaft tat auch ganz gut. Reden war im Moment wichtiger, als alles andere und vermutlich wusste das auch Klaus.

Grübelnd blickte sie ins Treppenhaus hinab.

Vor Monaten hätte sie wohl kaum an einem Samstag hier im Nachthemd im Flur gestanden, da wäre sie noch auf einer Party oder schon mit irgendeinem heißen Typen in der Kiste.

Es hatte sich offenbar einiges geändert und auch, dass sie Klaus im Nachthemd öffnete, war jetzt anders.

Sie war nicht mehr diese Partymaus, die sie noch im Frühjahr gewesen war.

Hatte die Änderung mit dem Alter zu tun? Oder mit Svenja? Möglicherweise der Schwangerschaft?

Vielleicht mit allen drei Dingen gleichzeitig!

Und sicherlich auch mit Klaus, der gerade mit ihrer Lieblingspizza vor sie trat und sie einfach nur anlächelte. Sie verstanden sich inzwischen wirklich blind!

„Bier ist für dich ja Tabu und Wein auch, also habe ich dir Kirsch-Bananen-Saft mitgebracht", erklärte Klaus und bekam dafür einen Kuss.

Als sie sich aufs Sofa setzten, piepste das Handy. „Ich liebe dich!", hatte Svenja geschrieben.

Ein kurzer Satz, nur drei Worte, die ihr Herz genauso erwärmten, wie die Pizza ihren Bauch.

Mit Herz und Hirn, für Leib und Seele.

Und zwar nicht nur für sie selbst, sondern auch für das winzige Geschöpf in ihr, das sich gerade zum ersten Mal in ihrem Bauch gemeldet hatte.

Sie hätte im Moment nicht glücklicher sein können.

Alles wäre perfekt, wenn Svenja nicht tausende Kilometer entfernt wäre, aber im Herzen, und in der Seele, waren sie sich ganz nah!

Und sie schickte ihr ein Herz mit dem Mobiltelefon zurück.

32. Kapitel

Keine Wahl?

Zwei Wochen vor dem Weihnachtsfest hatte sich Svenja endlich durch die Listen gekämpft und damit hatten alle Kinder die richtige Position darauf gefunden, danach hatte der Einpackdienst beginnen können, die kleinen Präsente zu beschriften und zur Auslieferung bereitzustellen.

Sie hatte sich nicht geschont, so manche Nacht durchgearbeitet und mitunter war sie dabei auch in ihrem Büro einfach mit dem Kopf auf der Tischplatte eingeschlafen.

Das alles war sehr kräftezehrend gewesen, hatte aber den Vorteil gehabt, dass sie mit ihren Gedanken bei der Aufgabe sein musste und nicht so viel Zeit zum Nachdenken gehabt hatte.

Mit dem Ende dieser Arbeit fiel das allerdings leider fort und sie hatte keine Ablenkung mehr.

Demzufolge stürzten die alten und sorgsam verdrängten Zweifel erneut auf sie herein.

Irgendwo da draußen hing dieser verdammte Zettel, auf dem nur noch ihr Name fehlte.

Alle anderen Elfen hier im Hauptquartier und in den Nebengebäuden standen schon darauf. Jede schwärmte um sie herum nur davon, bald ein Kind zu haben.

Niemand sprach sie an oder forderte sie auf, ihren Namen darunter zu schreiben, aber der innere Zwang war schon da.

Gern hätte auch sie ein Kind!

Allerdings waren dabei Tusneldas Worte und die Beschreibung dieses Rituals aus dem uralten Buch ständig mahnend in ihrem Kopf.

Das Los entschied und man konnte Glück haben, oder danach vor Schmerzen zwei Wochen lang nicht mehr das Bett verlassen können, wie es Ronja einst geschehen war.

Und dennoch vertraute die ältere Freundin wieder auf das Glück.

War das Irrsinn?

Oder waren ihre Befürchtungen zu verrückt?

Sie kannte nur zwei männliche Elfen und den beiden würde sie so ein Verhalten zwar nicht zutrauen, aber was geschah wohl hinter verschlossenen Türen, wenn die Männer im Rausch ihrer Hormone jede Rücksicht fallen ließen und keiner sie stoppen würde?

Jedenfalls saß Svenja jetzt wieder im Büro und alle anderen feierten draußen das Weihnachtsfest.

Es war zwei Tage vor der Bescherung für die Menschen und sie hielt Tinas letzten Brief in den Händen, las zum hundertsten Mal deren liebe Zeilen und heulte sich die Augen aus.

Wo in allen Wochen zuvor die Bücher zu ihren Füßen gelegen hatten, da türmten sich jetzt die zerknüllten Taschentücher auf.

Es zerriss ihr fast das Herz, wenn sie Tinas Zeilen las und doch musste sie es immer wieder tun. Die Liebe der Freundin zu ihr war auch Monate später in dieser Nachricht noch immer genauso deutlich zu spüren, wie sie das in sich selbst fühlte.

Alle vor ihrer Tür waren rational denkende Elfen, nur sie gab sich den Gefühlen hin. Man konnte die nicht einfach wieder abstellen, wenn man erst einmal erkannt hatte, dass man ein beseeltes Herz besaß!

Eventuell schützte diese drakonische Strafe auch nur davor, dass man die Liebe fand.

Sie hatte sich darüber hinweggesetzt und das war jetzt das Resultat!

Mit Tina hätte sie glücklich werden können, nur diese Regeln aus dem verstaubten alten Codex ließen das nicht zu.

Warum war sie bloß eine Elfe?

Liebend gern hätte sie jetzt all die vielen hundert Jahre, die sie hier noch leben konnte, gegen dreißig oder vierzig an Tinas Seite eingetauscht.

Weshalb war das alles nur so kompliziert?

Von draußen war leise Musik zu hören. Die anderen feierten wohl mit Santa, Plätzchen sowie literweise heißer Schokolade und sie saß hier traurig und alleine im Scheine einer Kerze.

Sollte sie nach draußen schleichen, um Agnethas momentan sicherlich unbewachten Computer für eine kleine Botschaft an die Geliebte zu benutzen?

Der erneute Schmerz über die ungewollte Trennung bohrte sich in ihr Herz.

„Ich wünschte, ich wäre ein Mensch und könnte den Rest meines Lebens mit Tina verbringen!", stieß sie verzweifelt aus, küsste Tinas Brief und schob ihn sich in ihr Mieder, damit die Zeilen der Geliebten nah bei ihrem Herzen waren.

Danach blies sie die Kerze aus, legte den Kopf auf den Schreibtisch und weinte sich in den Schlaf.

❧ ☙

Leise Musik weckte Svenja auch wieder auf.

„Feiern die immer noch?", fragte sie sich selbst, setzte sich auf, streckte sich ausgiebig und gähnte.

Danach erhob sie sich und stutzte, denn es war zwar finster in dem Raum, aber ein schwacher Schein fiel durch ein Fenster herein.

Ihr Büro hatte allerdings kein Fenster und damit war das hier definitiv nicht ihre Schreibstube, aber wo befand sie sich?

Hatte Ronja sie eventuell in die Unterkunft getragen? Nur wieso hatte sie davon nichts bemerkt und warum hatte die ältere Freundin sie dann nicht in ihr Bett gelegt, sondern an einen Tisch gesetzt?

Svenja drehte sich zur Seite und stieß dabei gegen etwas, was polternd zu Boden fiel.

Licht flammte in einem anderen Raum auf und der Schein fiel in das Zimmer.

„Hallo? Ist da jemand? Ich habe hier einen großen Knüppel!", hörte sie eine ihr nur zu vertraute Stimme.

„Tina? Bist du das?", fragte sie ungläubig, denn wie sollte die Freundin hierher gekommen sein.

Oder hatte sie unbewusst im Schlaf jene seltsame Tastenkombination gewählt, die sie schon einmal in die Arme der Geliebten geschleudert hatte. Das war wohl eher unwahrscheinlich!

„Svenja?", erwiderte Tina und trat im Nachthemd in die Tür.

„Was machst du hier mitten in der Nacht in meiner Wohnung? Wie bist du hier hereingekommen? Ach egal!", stieß Tina aus und rannte auf sie zu.

Sie stürzte der Freundin entgegen und sie fielen sich mitten in Tinas Stube um den Hals, küssten sich und ließen sich nicht mehr los, aus Angst, dass es nur ein Traum war, aber alles fühlte sich so real an.

Wie konnte das nur geschehen sein?

Unter Küssen und Umarmungen zogen sie sich gegenseitig in Tinas Schlafzimmer, wobei sie sich auch die Sachen vom Leib rissen, was in Tinas Falle nicht so lange dauerte, wie bei ihr, mit der winterlichen Kleidung.

Direkt vor dem Bett fiel auch das Mieder und Tinas Brief segelte zu Boden.

Jetzt hieß es, jede verbleibende Minute in den Armen der Geliebten auszukosten, denn es war nur eine Frage der Zeit, bis jemand ihr Fehlen bemerken, eins und eins zusammenzählen und sie hier abholen würde, um sie für die wiederholte Flucht, und eine abermalige Übertretung der obersten Direktive, da oben in ein finsteres und von Mäusen besetztes Kellerloch zu verbannen.

Bis zum Morgengrauen konnten sie die Finger nicht voneinander lassen und es schien so, als wollten sie beide die in den vergangenen Monaten verpassten Liebesnächte in nur einer einzigen nachholen.

Tina war durch die Schwangerschaft runder, fraulicher und weicher geworden, aber nicht weniger fordernd, als sie es im Sommer gewesen war.

Abwechselnd krallten sie sich in die Laken oder ineinander und trieben sich gegenseitig immer wieder über diesen Gipfel der unbändigen Lust.

Mit der neuen Sonne fielen sie beide erschöpft auf das Bett und schliefen eng umschlungen ein.

Glücklich und zutiefst entspannt schloss Svenja die Augen.

Diese Nacht war die Verbannung und die sicherlich darauf folgende Strafarbeit mehr als Wert gewesen!

33. Kapitel

Ein Weihnachtswunsch?

Sie schlug die Augen auf und blickte in Svenjas schlafendes Gesicht. Es war also zum Glück nicht nur eine schöne Illusion gewesen, sondern die Wahrheit, dass die Geliebte einfach mitten in der Nacht in ihrem Wohnzimmer aufgetaucht war.

Beide lagen sie eng umschlungen und nackt in dem völlig zerwühlten Bett und hatte die Kühle der Nacht nicht einmal gespürt.

Ihre heiß entflammte Liebe hatte ihnen beiden ordentlich eingeheizt und diese Glut brannte noch immer in ihr.

Es musste schon fast Mittag sein, aber sie hatte ja Urlaub. Da konnte man den Tag so richtig schön im Bett bleiben und zu zweit machte das doch einfach noch viel mehr Spaß.

Svenja schlug diese wundervollen blauen Augen auf und die Welt begann zu strahlen.

„Guten Morgen, meine Schöne, was für eine Nacht!", sagte sie und küsste Svenjas verführerisch halbgeöffneten Mund.

„Hallo Tina, es war also doch keine Träumerei. Oder doch? Bitte halte mich ganz fest", flüsterte Svenja.

„Es ist ein Traum, aber einer, der Wirklichkeit geworden ist. Weißt du, wie oft ich darum gebeten habe, dich wieder in meine Arme schließen zu können?"

„Vermutlich so oft, wie ich auch!", erwiderte Svenja und holte sich einen leidenschaftlich werdenden Kuss ab.

Es kostete sie keine große Anstrengung, die Geliebte unter sich zu bringen und deren wild zuckenden Leib mit heißen Küssen zu bedecken.

Wenig später tauschen sie die Plätze und es war wieder so, wie es oft im Sommer gewesen war, als sie schreiend vor unbändiger Lust jeden neuen Morgen gemeinsam begrüßt hatten.

Kein Tag schien seitdem vergangen zu sein und dennoch war es Monate her, in denen sie sich beiderseits nach der jeweils anderen verzehrt hatten!

Erschöpft, schnaufend und glücklich fielen sie auf das Bett zurück und nachdem sie zur Ruhe gekommen waren, konnte sie die nächste Frage stellen: „Wie bist du eigentlich in meine Wohnung gekommen? Über das Fenster geht es ja wohl kaum, denn ich wohne im vierten Stock!"

„Ich weiß es auch nicht. Ich bin an meinem Schreibtisch eingeschlafen, während alle anderen Weihnachten gefeiert haben und als ich erwacht bin, da hast du in der Tür gestanden!", entgegnete Svenja und schob sich wieder mit der gewohnt verlegenen Geste die vom Liebesspiel wild zerzauste blonde Mähne hinters Ohr.

„Und deine Ohren hast du dir auch korrigieren lassen. Die sehen echt süß aus!"

„Meine was?", stutze Svenja, fasste sich ans Ohr und sprang aus dem Bett.

Verdutzt blickte sie der ins Bad eilenden Freundin hinterher und setzte sich im Bett auf.

Ihre Kleidung war wild verteilt im ganzen Raum, aber direkt vor ihren Füßen lag ein Brief und sie hob ihn auf.

Er war in der Nacht aus der Kleidung der Geliebten gefallen und es war jener, den sie damals an Svenja geschrieben hatte.

Sie faltete den Brief auf und eine kleine, bunte Weihnachtsklappkarte fiel ihr dabei in die Hand.

Laut las sie vor: „Liebste Svenja, ich habe deine beiden Weihnachtswünsche wohl vernommen und sie dir erfüllt, viele Grüße Santa Claus. P.S: Ich wünsche dir viel Glück, Ronja. P.P.S: Du solltest deine Spuren besser verwischen, wenn du schon an meinen PC gehst. Herzlichst, deine Agnetha!"

Sie blickte auf, Svenja trat vor sie hin und sie hielt der Geliebten diese Nachricht hin.

Svenja nahm ihr die Karte ab, um diese kurze Botschaft noch einmal selbst zu lesen.

„Santa Claus? Deine zwei Weihnachtswünsche?", fragte sie danach.

„Ja. Erstens ein Mensch zu sein und zweitens mit dir leben zu dürfen!", erwiderte Svenja und blickte sie scheu an.

„Ein Mensch zu sein?", antwortete Tina.

Svenja nickte und schlug die Lider nieder.

„Ich war eine Elfe!", sagte sie nach einer Weile.

„So eine richtige? Eine Weihnachtselfe? Ich dachte, die gibt es nur im Märchen", erwiderte sie.

Svenja schüttelte verlegen den Kopf.

„Ach, egal! Jetzt habe ich dich und mir wurde damit auch ein Weihnachtswunsch erfüllt: Ich habe das beste, größte und schönste Geschenk erhalten, was ich mir nur wünschen konnte!", stieß Tina aus, stürzte sich auf Svenja und rang diese auf das Bett nieder.

Die viel zu lange aufgestaute Leidenschaft brach sich ihren Weg und in der nächsten Stunde brachten sie sich gegenseitig von einem Gipfel zum nächsten, ohne dabei das Zimmer verlassen zu müssen.

Schließlich saßen sie beide bei Plätzchen und Kakao mit ein paar stimmungsvoll drapierten Kerzen zusammen in der Wanne und Svenja erzählte eine schier unglaubliche Geschichte vom Weihnachtsmann und Elfen im ewigen Eis.

Ihr einziger Beweis dafür waren die fehlenden Ohren und ihr so plötzliches Auftauchen in der Wohnung.

Bei dieser Erzählung musste sie daran denken, wann sie eigentlich aufgehört hatte, an den Weihnachtsmann zu glauben. Vermutlich kurz nach der Geschichte mit dem Klapperstorch und dem Osterhasen.

Oder gab es die eventuell auch?

Den Storch schon, aber kaum in dieser Funktion. Sie würde ihr Kind in ein paar Monaten im Kreißsaal bekommen und Svenja würde ihr bestimmt dabei die Hand halten.

Klaus war als Mann für so etwas vollkommen ungeeignet. Er konnte sich zwar mit einer Bande von Schwarzfahrern herumprügeln, aber eine Entbindung ging wohl auch bei ihm nur mit einer Ohnmacht von sich.

„Was wirst du denn dann jetzt hier machen?", fragte sie zum Schluss von Svenjas Geschichte.

Die Geliebte zuckte unschlüssig mit den Schultern.

„Das ergibt sich dann schon irgendwie!", setzte sie noch hinzu.

„Versuche doch noch einen Wunsch an deinen Santa Claus abzugeben! Weihnachten ist ja erst morgen!", schlug sie Svenja vor.

„Nein, das mit der Arbeit findet sich schon irgendwie. Ich hätte jetzt nur noch einen einzigen Wunsch, aber den kann mir Santa unmöglich erfüllen!", erklärte Svenja und fuhr verlegen mit der Hand durch das warme Wasser.

„Dann erzähle es mir, vielleicht kann ich deinen Herzenswunsch Wirklichkeit werden lassen. Mir wurde meiner ja durch dich schon erfüllt!"

Svenja wollte abwinken, doch sie forderte die Geliebte noch einmal auf, ihr diese letzte Sehnsucht zu offenbaren.

Jetzt strich Svenja liebevoll über ihren Bauch und flüsterte ihr dabei zu: „Ich hätte auch gern ein Kind, so wie das da!"

„Das ist wirklich ein Anliegen, das ich dir nicht erfüllen kann. Leider!", erwiderte sie.

„Hallo Tina, ich habe Pizza mitgebracht!", hörte sie die Stimme von Klaus aus dem Flur.

Sie hatten die Badezimmertür offen stehen lassen und daher trat Klaus einfach in den Raum.

Svenja erblickte den Mann, schreckte hoch und stürzte splitternackt zum Handtuchhalter.

Bei ihrer hektischen Flucht schwappte die Wanne über, setzte alles unter Wasser und mit den nackten Füßen fand sie daher auf den Fliesen keinen Halt.

Mit einem Schrei landete sie in den Armen des Mannes.

„Hallo. Du musst Svenja sein!", stellte Klaus fest und gab ihr ein Handtuch, welches sich Svenja schnell um ihre Blöße wickelte.

Mit hochrotem Kopf stand sie kurz darauf in der Ecke des Bades, als Klaus nach draußen ging.

„Also, wenn du immer noch dieses Anliegen hast, dann wüsste ich jemanden, der es dir erfüllen kann!", erklärte Tina und erhob sich aus der halbleeren Badewanne.

Jetzt galt es erst einmal, die Überschwemmung zu beseitigen, bevor der Mieter eine Etage tiefer in diesem Jahr eine feuchte Weihnacht erleben würde.

34. Kapitel

Männer und Frauen

Zu dritt saßen sie auf dem Teppich in der Stube vor diesem wunderschön geschmückten Weihnachtsbaum und aßen zusammen diesen riesigen Keks, von dem Tina ihr gesagt hatte, er würde Pizza heißen.

Noch immer steckte ihr der Schreck in den Gliedern und gleichzeitig war es ihr so unendlich peinlich, wie sie darauf reagiert hatte, als Klaus plötzlich im Bad gestanden hatte.

Fast eine Stunde lang hatten sie danach gebraucht, um das Wasser wieder in die Wanne zu bekommen.

Klaus und Tina waren momentan so sehr mit sich selbst beschäftigt, dass sie dadurch die Gelegenheit bekam, die beiden ungestört beobachten zu können.

Bei ihnen in Santas Hauptquartier hatte es nur zwei männliche Elfen gegeben: Einer war für die Rentiere und der andere für die Heizung zuständig.

Im Hause sah man sich ab und zu, aber an diesem Nachmittag war sie schon länger mit Klaus in einem Raum, als mit den beiden anderen Männern in den sechshundert Jahren zuvor insgesamt!

Es war wohl diese strikte Trennung zwischen Männern und Frauen bei den Elfen, die für diese emotionale Schieflage verantwortlich war.

Man musste nicht diese Jahrhunderte alte Regel und das daraus resultierende Ritual ändern, sondern für etwas mehr Nähe und Verständnis untereinander sorgen, dann wäre der Rest nur noch ein alter Zopf ohne jegliche Bedeutung.

Die arme Tusnelda hatte die ganzen tausend Jahre am falschen Ende des Problems angesetzt!

Bei Klaus und Tina, und damit vermutlich bei allen Menschen, war das offensichtlich schon anders.

Die Beiden gingen liebevoll und vertraut miteinander um, er fütterte sie und reichte ihr eine Serviette, sie schnitt für ihn die Pizza klein und goss ein Getränk für ihn in sein Glas. Sie verstanden sich ohne viele Worte und das war wirklich beneidenswert.

Und sie hatte jetzt auch die Zeit, um über Santas zwei Geschenke an sie nachzudenken, wobei das eine ja nicht von ihm kam, sondern aus Tinas und ihrem tiefsten Herzen.

Diese unendliche Liebe zwischen ihnen, die sie aber nur durch Santas zweites Geschenk leben konnten, denn sie war keine Elfe mehr, sie war jetzt ein Mensch!

Und damit war auch diese Herzlichkeit zwischen ihnen nicht mehr verboten!

Alles war möglich und sie würde sämtliche Dinge tun können, die Menschen ebenso taten. Das würde sicherlich noch eine ziemliche Umstellung werden, aber sie freute sich auf jeden weiteren Tag.

Es würde ein Abenteuer werden!

„Möchtest du noch was?", fragte Klaus.

Tinas Worte in der Wanne fielen ihr wieder ein und der dritte Weihnachtswunsch, den die Freundin ihr nicht erfüllen konnte, aber durfte sie so etwas einfach offen fragen?

Bisher war Intimität mit einem Tabu belegt gewesen, doch jetzt war ja alles anders!

Dennoch schlug sie den Blick nieder und spürte, wie ihr das Blut in die Wangen stieg.

Das war noch so eine neue und seltsame Angewohnheit der Menschen, an die sie sich noch gewöhnen musste.

„Sprich es einfach aus!", ermunterte Tina sie und klappte die leere Schachtel zwischen ihnen auf dem Fußboden zu.

„Soll ich wirklich?"

„Fragen kostet nur ein wenig Überwindung", erwiderte Tina und erhob sich aus ihrer sitzenden Position, um den Pizzakarton und das Geschirr in die Küche zu bringen.

„Also?", erneuerte Klaus seine Frage.

„Ich habe noch nie mit einem Mann", begann sie, stockte kurz und setzte dann hinzu: „Ich hätte gern ein Kind!"

Danach schlug sie die Lider herab, beobachtete Klaus und seine Reaktion aber aufmerksam durch die Wimpern.

Er zog die Augenbrauen hoch und blickte sich dann zu Tina um, die gerade neuerdings den Raum betrat.

Die Freundin nickte und trat zu ihnen.

„Also es wäre mir eine Ehre, bei dir der erste Mann zu sein, aber ein Kind?", erwiderte er.

„Bitte!", flehte sie ihn fast an.

Tina setzte sich und erklärte: „Ich fände es auch schön, wenn unsere beiden Kinder denselben Vater hätten und ich könnte mir keinen besseren als dich dafür wünschen."

„Na ja, schön und gut, aber ein Kind?", entgegnete Klaus erneut.

„Es wäre mein Weihnachtswunsch an dich", sagte Tina.

„Und meiner auch", setzte sie hinzu.

„Ich kann das meinige tun, aber du musst auch deinen Teil übernehmen!", antwortete Klaus.

Jetzt wurde sie sich wieder der Situation bewusst, denn sie würde sich Klaus unterwerfen müssen und die Kontrolle an ihn abgeben.

„Ein wenig habe ich Angst davor", brach es jetzt aus ihr hervor und sie schreckte irgendwie vor ihrem eigenen Begehren zurück.

„Und wovor genau?", fragte Tina, die zu ihr herüberrutschte und sie schützend umarmte.

„Es soll ganz fürchterlich wehtun und ich müsste mich ihm unterwerfen, damit das klappt. Die Regeln", begann sie.

„Keine Regeln. Du bestimmst ganz alleine, was passiert!", unterbrach Tina sie.

„Wirklich?", fragte sie.

„Ja. Es ist deine Entscheidung und wenn du Stopp sagst, dann höre ich sofort auf und ich verspreche dir, vorsichtig zu sein", sagte Klaus und rutschte auch näher zu ihr herüber.

Sie sollte sich selbst Regeln aufstellen? Selber festlegen, was sie wollte?

Das klang gut, aber hielt sich Klaus dann auch daran, wenn die Hormone erst einmal die Steuerung übernahmen?

Zweifelnd blickte sie ihn an und begriff abermals, dass er keine Elfe war, sondern ein Mann. Ein Mensch!

„Gut, die Tür bleibt offen, das Licht an und ich möchte, dass du dabei in meiner Nähe bist!", sagte sie und blickte Tina an.

„Was immer du möchtest!", äußerten Tina und Klaus fast gleichzeitig.

„Vielleicht schon heute Nacht?", fragte sie, denn sie wollte es hinter sich haben und Tina würde ja bei ihr sein, damit alles gut werden würde.

Klaus nickte und Tina streichelte ihre Wange.

„Wir bereiten alles vor. Du kannst dich ja noch etwas sammeln und wenn du bereit bist, dann kommst du einfach in die Schlafstube rüber", flüsterte ihr Tina ins Ohr und diese leise Stimme beruhigte sie noch weiter.

„Ich danke dir", antwortete sie, gab Tina einen Kuss und setzte dann hinzu: „Und dir auch!", dabei blickte sie Klaus an.

Er nickte ihr zu, erhob sich und ging zum Schlafzimmer hinüber, Tina löste sich aus der Umarmung und folgte ihm ein paar Augenblicke später.

Svenja erhob sich, trat zum Fenster und blickte hinaus.

Jetzt würde es also passieren, ihr erstes Mal mit einem Mann.

Ihr Herz klopfte vor Aufregung bis zum Hals und gleichzeitig hatte sie wieder diese Beschreibung aus dem alten Buch im Kopf, aber das galt hier alles nicht.

Nur ihre Wünsche und Bedürfnisse zählten!

Langsam ging sie ins Badezimmer, stellte sich unter die warme Dusche und spülte die alten Zweifel von sich.

Danach föhnte sie sich die Haare trocken, hüllte sich in jenes so zauberhafte Parfüm, dass Tina an ihrem ersten gemeinsamen Tag auf der Haut gehabt hatte und wickelte sich danach in den weißen Bademantel der Freundin, als wäre es eine Rüstung.

Doch die brauchte sie eigentlich nicht mehr!

Der flauschige Stoff auf der nackten Haut fühlte sich gut an und alles in ihr sagte gerade: Ja!

Ein letztes Schwanken, vor ihrer Courage, dann war sie bereit.

Mit festen Schritten ging sie zur offenen Tür des Schlafzimmers und warf einen Blick hinein.

Der Raum war in gedämpftes Licht getaucht und leise Musik spielte.

Tina und Klaus standen vor dem Bett und sie zögerte noch, die Schwelle zu überschreiten, doch wovor hatte sie jetzt schon wieder Angst?

Ein Wort von ihr würde reichen und alles endete.

Sie hatte es in der Hand!

Svenja löste den Gürtel des Bademantels und schob die flauschig weiße Rüstung über die Schultern.

Der Stoff fiel nach hinten zu Boden und sie betrat nackt den Raum.

Das hier war ihr eigenes Ritual!

35. Kapitel

Weihnachten zu Hause

Sie schlug die Augen auf und blickte in die Gesichter der beiden liebsten Menschen auf der ganzen Welt.

Klaus lag neben ihr auf dem Rücken und schnarchte leise, Svenja hatte sich auf die Seite gerollt und an ihn gepresst.

Die anfängliche Scheu der Geliebten war völlig verschwunden und Tina musste instinktiv lächeln, als sie daran dachte, wie Svenja nackt aus der Wanne gehopst war, als Klaus unvermittelt im Bad erschienen war.

Ohne ihn hätte sie sich bei dem Sturz auf den glatten und rutschigen Fliesen sicherlich schwer verletzt, doch er hatte sie sicher aufgefangen und festgehalten.

In den letzten mehr als 24 Stunden hatten sie dieses Bett immer nur kurz verlassen, um zu trinken, aufs Klo zu gehen oder Pizza nachzubestellen.

Sie hatten sich in allen möglichen Positionen, Kombinationen und Variationen ekstatisch und leidenschaftlich geliebt.

Das war vermutlich das wildeste Weihnachtsfest seit dem Untergang von Sodom und Gomorrha gewesen, aber es hatte sich einfach wundervoll angefühlt.

Momentan ging gerade die Sonne auf und damit begann der erste Weihnachtsfeiertag, den sie eigentlich mit Klaus, bei dessen Mutter auf dem Dorf verbringen wollten, doch der alten und katholischen Bäuerin war schon eine wilde Ehe zwischen ihr und Klaus nicht zu vermitteln gewesen.

Es wäre da nur um Welten schwieriger, ihr die momentane Konstellation in diesem Bett zu erklären: Sie liebte Svenja mit jeder Faser ihres Körpers und Klaus war ein guter Freund. Ein sehr guter sogar und er würde für den Rest ihres Lebens immer ein wichtiger Teil bei ihr bleiben, als Vater ihres noch ungeborenen Kindes und dem zukünftigen von Svenja.

Für seine Mutter wäre wohl nur eine kirchliche Hochzeit angemessen, in Weiß und unter den Augen des ganzen Dorfes.

Vermutlich saß sie jetzt gerade auf ihrer Bank im Chorraum des Gotteshauses und betete darum, dass sie den Antrag von Klaus annahm, den es allerdings nie gegeben hatte und auch niemals geben würde.

Sie waren eben nur Freunde und seine Mutter würde wohl nie verstehen, wie sie hier Weihnachten gefeiert hatten: Mit einer Bergtour, ohne das Bett zu verlassen!

Am Tage zuvor hatte sie sicherlich ein Dutzend Gipfel erklommen und Svenja ebenfalls.

Vermutlich lächelte die Geliebte deshalb so selig im Schlaf. Sie sah wie ein Engel aus und nichts erinnerte jetzt mehr daran, dass sie bis vor ein paar Tagen noch eine Weihnachtselfe gewesen war, wobei diese Geschichte schon mehr wie abenteuerlich klang.

Sie ließ jetzt ihren Blick über Klaus wandern, der lang ausgestreckt auf dem Rücken neben ihr lag. Unten hing bei ihm seidig glänzend und momentan ziemlich schlaff, was ihnen am Vortag solch eine Freude durch den Leib getrieben hatte.

Aber wozu sollte sie ihn jetzt noch schlafen lassen, wenn soeben solch ein neuer und wundervoller Tag begann?

Sie strich mit den Fingerspitzen durch die gekräuselten Locken auf seiner Brust und es dauerte selbstverständlich nicht lange, bis er seufzend erwachte.

Jetzt packte sie weiter unten fester zu, doch Klaus jammerte dabei auf.

„Bitte, Tina, lass es sein. Mir tut schon alles weh! Ihr zwei Raubkatzen habt den letzten Tropfen aus mir herausgeholt und es wird sicherlich ein paar Tage dauern, bis ich wieder einen hochbekommen kann!", erklärte er gepresst.

„Männer!", stöhnte sie auf und rollte sich auf den Rücken.

Svenja erwachte, stützte sich hoch und blickte über Klaus zu ihr herüber.

„Guten Morgen", sagte die Geliebte leise.

„Es hätte einer werden können, aber der Schlappschwanz will nicht mehr!", entgegnete sie.

„Ich schon!", erwiderte Svenja und sprang mit einem Satz über Klaus auf sie herüber, um sich den ersten Kuss zu holen.

„Wen wundert es?", antwortete Klaus und rollte sich blitzschnell aus dem Bett.

Während er aus dem Schlafzimmer ging, brachte Svenja sie schon mit gezielten Küssen und Streicheleinheiten zum Stöhnen.

Danach dauerte es auch nicht mehr lange, bis sie den nächsten Gipfel erreichte und schreiend ins Tal und auf die Laken zurückfiel.

„Draußen hat es geschneit!", unterbrach Klaus sie wenig romantisch, als er aus dem Bad zurückkam und sicherheitshalber außerhalb der Schlafstube stehen blieb.

„Ich weiß nicht, wann es hier zum letzten Mal zu Weihnachten geschneit hat", entgegnete sie ihm schnaufend und setzte sich im Bett auf.

„Wir sollten nach unten gehen und eine zünftige Schneeballschlacht machen!", legte Svenja fest, erhob sich aus dem Bett und richtete mit ein paar Handbewegungen ihre zerzauste blonde Lockenpracht.

„Hier stehen zwei kleine Schachteln auf deinem Stubentisch! Die waren gestern Abend aber noch nicht da", erklärte Klaus und zeigte hinter sich.

Sofort rannte sie zum Tisch und nahmen die beiden kleinen und in buntem Weihnachtspapier eingeschlagenen Päckchen hoch.

»Tina« stand an dem einen und »Svenja« am anderen.

Neugierig fetzte sie ihr Geschenk auf und es waren zwei wundervolle Ringe darin, deren Edelsteine im Sonnenlicht glitzerten.

Es waren Verlobungsringe!

„Svenja, möchtest du meine Frau werden?", fragte sie, ohne zu zögern und kniete sich vor die verwunderte Geliebte.

„Ja, natürlich, aber ich habe keine Papiere!", erwiderte Svenja und nahm dennoch den Ring an. Wie erwartet, passten sie perfekt.

„Und was ist in deinem Päckchen?", erkundigte sich Klaus.

Zögerlich öffnete Svenja ihr Geschenk und sagte dabei: „Ich habe doch aber schon alles, was ich haben will!"

In dem länglichen kleinen Paket befanden sich Papiere: Ausweis und Geburtsurkunde, eben alles, was man zum Heiraten brauchte!

„Danke, Ronja", seufzte Svenja, als sie die Karte darin las.

„Und jetzt machen wir eine Schneeball-schlacht!", rief sie danach aus und rannte nackt zur Tür.

Klaus bekam sie gerade noch so zu packen.

„Was ist?", fragte sie.

„Erst ziehen wir uns was an!", erklärte Klaus.

„Schade! Habt ihr schon mal so eine richtige Schneeballschlacht nackt im Schnee gemacht?", fragte Svenja, wurde aber bei ihrem Vorschlag sofort überstimmt.

Wenig später bewarfen sie sich in einem kleinen Park ausgelassen wie kleine Kinder mit Schnee.

Das Glück war perfekt und hier!

Mehr brauchte sie nicht!

36. Kapitel

Weihnachtsduft und Schneesturm

Die Schneeballschlacht war herrlich gewesen, danach hatten sie noch an einem kleinen Hang gerodelt und jetzt saß Svenja mit einer wundervollen Tasse heißer Schokolade auf Tinas Sofa und genoss dieses wohlschmeckende Getränk.

Klaus war vor einer halben Stunde dann doch noch zu seiner Mutter gefahren, Tina stand unter der Dusche und sang ziemlich schräg irgendwelche Weihnachtslieder.

Vor Svenja lagen die Dokumente auf dem Tisch, mit denen sie Tina schon bald heiraten konnte. Die Ringe dazu hatte sicherlich Ronja ausgesucht, denn die waren wirklich wunderschön und in dem Stein an ihrer Hand war so ein magisches Funkeln zu sehen.

Tina hatte Räucherkerzen angebrannt und dieser wunderbare Weihnachtsduft zog durch die Räume.

Auf dem Tisch befand sich auch eine große Schüssel mit herrlichen und so verführerisch duftenden Weihnachtsplätzchen, aber die Papiere daneben mahnten sie zur Vorsicht, denn sie war jetzt keine Elfe mehr und hatte damit auch nicht mehr diese Verdauung.

Bei ihrer bisher gewohnten Ernährung würde sie in drei Monaten nicht mehr durch die Zimmertür passen.

Das war einer der Nachteile ihres Menschseins, aber die Vorteile überwogen eindeutig!

Tinas Computer stand aufgeklappt neben ihr und schrie fast danach, dass sie den fernen Freundinnen einen Gruß schickte.

Sie zog den Laptop zu sich und tippte: „Hallo Ronja, hallo Agnetha, danke für die Geschenke!"

Keine Minute nach dem Abschicken der Nachricht kam auch schon die Antwort: „Gern geschehen. Ich wünsche dir viel Glück und melde dich mal wieder, Agnetha."

Die Gedanken an Agnetha und deren Absicht im Januar zwangen sie jetzt, noch eine Nachricht zu schreiben: „Hallo Agnetha, bevor du im Januar das Ritual beginnst, solltest du unbedingt mit Tusnelda reden! Sage ihr bitte, das Problem ist nicht das Ritual oder die Regeln, sondern diese selbstverschuldete Isolation von Männern und Frauen!"

„Das tue ich", blinkte kurz darauf die Antwort.

„Ich drücke dir die Daumen und wenn der gestrige Tag funktioniert hat, dann bin ich schon schwanger", tippte sie noch ein und klappte danach den Rechner zu.

Mit Tinas wundervollem Rollkragenpullover und sonst nichts auf der Haut trat sie ans Fenster und blickte auf die Lichter der Stadt, die sich im Schnee spiegelten.

Irgendwo da hinten war Norden und da gab es dieses kleine Dorf mit den Freundinnen, aber ihr ganzes Glück war hier.

Am Himmel blinkte kurz der Weihnachtsstern durch die schneegefüllten Winterwolken und schickte ihr einen Gruß herüber.

Während sie dem Stern zuwinkte, setzte vor dem Fenster ein Sturm ein, der wohl alles ringsum mit Schnee zudecken würde.

Wenn das ein paar Stunden so weiterging, dann würden sie das Haus wohl nicht mehr verlassen können, aber sie hatte in dieser Wohnung alles, was sie in den nächsten Tagen benötigen würde.

Es war möglicherweise so etwas, wie ein Wink des Schicksals, denn was brauchte sie mehr, als die nackte Freundin und das Bett?

„Morgen Kinder wird's was geben, morgen werden wir uns freuen", trällerte Tina im Bad.

„Wieso erst morgen?", fragte Svenja zurück, riss sich den Pullover über den Kopf und rannte zu Tina, denn unter der Dusche war doch sicherlich Platz für zwei!

Jetzt würde hier erst einmal ein Blizzard durch die Räume fegen, der den Schneesturm draußen ziemlich blass aussehen lassen würde.

Svenja stürzte ins Bad, stolperte über ein am Boden liegendes Handtuch, flog bestimmt einen

Meter durch die Luft und landete sicher in Tinas Armen, die gerade aus der Dusche trat.

„Bei deinen Landungen müssen wir aber noch etwas üben!", erklärte Tina lächelnd.

„Lass uns jetzt erst einmal fliegen. Über das Landen reden wir dann später", seufzte Svenja und bekam einen heißen Kuss, der die gesamte Arktis hätte auftauen können.

ENDE

Von Uwe Goeritz im Verlag BoD (Books on Demand, Norderstedt) ebenfalls erschienene Bücher:

„Cecilia im Bann der Liebe"
Die ISBN lautet: 978-3-7392-4583-6
112 Seiten

„Für Immer an deiner Seite"
Die ISBN lautet: 978-3-7412-8407-6
112 Seiten

„Die Liebe ist (k)ein Ponyhof"
Die ISBN lautet: 978-3-7412-7920-1
116 Seiten

„Griechische Küsse"
Die ISBN lautet: 978-3-7448-7274-4
116 Seiten

„Liebe hinter Klostermauern"
Die ISBN lautet: 978-3-7448-8973-5
120 Seiten

„Ein Pflaster für die Seele"
Die ISBN lautet: 978-3-7460-7947-9
112 Seiten

„Das Tor zum Paradies"
Die ISBN lautet: 978-3-7528-5837-2
124 Seiten

„Ein Kater rettet das Weihnachtsfest"
Die ISBN lautet: 978-3-7481-2863-2
236 Seiten

„Aurelia - Geliebter Engel"
Die ISBN lautet: 978-3-7494-5128-9
244 Seiten

„Sieben Nächte im Paradies"
Die ISBN lautet: 978-3-7347-6647-3
244 Seiten

„Drei verrückte Weihnachtswünsche"
Die ISBN lautet: 978-3-7494-8575-8
172 Seiten

„Ein besonderes Praktikum"
Die ISBN lautet: 978-3-7528-4866-3
248 Seiten

„Aurelia – In himmlischer Mission"
Die ISBN lautet: 978-3-7519-1416-1
244 Seiten

„Groupies tragen keine Ringelsöckchen"
Die ISBN lautet: 978-3-7519-8353-2
136 Seiten

„Heiße Küsse im Advent"
Die ISBN lautet: 978-3-7526-1175-5
264 Seiten

„Aurelia - Liebe in teuflischen Tiefen"
Die ISBN lautet: 978-3-7526-4538-5
260 Seiten

„Auf der Suche nach Mister Romeo"
Die ISBN lautet: 978-3-7534-9226-1
160 Seiten

„Ein Winterurlaub der Sinne"
Die ISBN lautet: 978-3-7543-7451-1
252 Seiten

„Aurelia - Im Kampf auf Liebe und Tod"
Die ISBN lautet: 978-3-7557-6151-8
272 Seiten

„Eine Nixe zum Abendessen"
Die ISBN lautet: 978-3-7557-1044-8
252 Seiten

„Weihnachten auf Schloss Wolfenfels"
Die ISBN lautet: 978-3-7568-3661-1
260 Seiten

„Liebe Undercover"
Die ISBN lautet: 978-3-7392-1463-4
248 Seiten

„Traumhafte Weihnachten"
Die ISBN lautet: 978-3-7578-2962-9
240 Seiten

„Mit Sicherheit Liebe"
Die ISBN lautet: 978-3-7583-0113-1
232 Seiten

Aktuelle Informationen und Neuerscheinungen finden sie immer im Internet unter:

www.Goeritz-Netz.de